致青春 044

偷偷藏不住

（上）

竹已　著

高寶書版集團

目錄
CONTENTS

第一章　中招

烈日炎炎，蟬鳴聲響破天際。

旭日國中二樓的某間教室，陳明旭站在講臺上，拿著一把教學用三角尺講課，上衣被汗水打濕了大半。

空氣熱得像要沸騰一樣。天花板上的風扇運轉著，發出很大的聲響。在這高溫下，吹出來的風似乎都是滾燙的，底下的學生們也都一副昏昏欲睡的模樣，他不免有些暴躁。

「看黑板。」注意到坐在第三排女生的狀態，陳明旭稍稍皺了眉，三角尺拍打黑板的力道加重，「聽見沒有！看黑板！」

幾個即將睡著的學生猛然清醒，睜大迷濛的眼，逼迫自己看向黑板。

但那個女生彷彿沒聽見，依然低著頭，拿著鉛筆在紙上塗塗畫畫。她長著一張漂亮而無害的臉，因為年齡尚小，還有些稚嫩，更顯得可愛。她坐姿端正，氣質恬靜溫和，看上去就是那種老師最喜歡的聽話學生。

拋開此時她把講臺上的老師當成空氣的行為。

陳明旭的眉頭皺得更深，嘴裡繼續念叨著：「角一等於角二，角三等於一百零八度……」

題目都快讀完了，她還沒有要抬起頭的意思，陳明旭忍了半天的怒火瞬間衝上心頭，他重重地把三角尺拍在桌上。

塑膠尺和木桌撞擊，發出巨大的聲響。這聲音嚇得全班同學同時瑟縮了一下，緊接而來的一聲怒吼更是讓氣氛變得僵硬。

「桑稚！」

被點到名的桑稚抬起頭，看了陳明旭兩秒。而後她把手中的筆放下，自動站了起來。

陳明旭按捺著脾氣道：「剛剛說什麼了？」

桑稚神情平靜地看了眼黑板上的圖：「角四等於七十二度。」

陳明旭習慣了她任何時刻都一副乖學生的模樣，這次沒再被騙到，又拿三角尺拍了拍桌面，冷笑道：「我還沒講到那裡！」

「……」桑稚開始覺得有點棘手，「那您叫我起來是……」

陳明旭反問：「妳說我叫妳起來做什麼？」

桑稚思索了幾秒，猜測著：「您是不會嗎？」

陳明旭：「……」

桑稚：「那您叫我起來，是要我教您嗎？」

陳明旭的嘴角不受控地抽搐了一下。

「我知道了。」桑稚明白了，看向黑板，「因為角一等於角二，所以AB平行於CD，兩直線平行，同旁內角互補──」

陳明旭忍無可忍：「妳這麼厲害，我這老師的位置讓給妳好不好？」

被他打斷話，桑稚的神情多了幾絲茫然，她嘴唇張了張，幾秒後才遲疑地說：「但我不能搶老師的飯碗啊。」

「……」

場面安靜三秒，全班哄堂大笑。

陳明旭火冒三丈：「別吵！給我安靜點！」

稚嫩的孩子們依然滿臉的笑，教室變得像菜市場一樣吵雜，後排有幾個少年還笑嘻嘻地起鬨。

「老師，我覺得可以啊！讓桑稚帶我們班吧！」

「那是不是就可以不寫作業了啊？」

「我能不能直接不來上學？」

陳明旭大吼：「閉嘴！」

「桑稚，」陳明旭重新看向桑稚，呼吸聲加重，想讓自己不要太失態，但最終還是被她氣得直咆哮，「明天把妳家長叫過來！」

下課鐘響。

陳明旭板著臉，頭也不回地走出了教室。恰好是最後一節課，大多數同學提前收拾好東西，成群離開。

「妳怎麼又惹陳禿頭了啊？」朋友殷真如一打鐘便走近她的位置，「妳不知道他有事沒事就喜歡叫家長來嗎？這個月才過一半，妳媽媽都來兩次了。」

桑稚把桌上的本子塞進書包裡，用力拉上拉鍊：「我都不知道我哪裡惹到他了。」

殷真如瞪大眼：「妳不知道？」

桑稚的模樣煩躁地嘀咕著：「我不是回答了嗎？」

「妳那回答不是故意找碴嗎？」殷真如笑出聲，「還什麼『但我不能搶您的飯碗』。別說他了，是我也想揍妳。」

桑稚低哼一聲：「那妳跟他一樣，都不可理喻。」

「噯，講真的。」殷真如說：「妳怎麼不聽課啊？而且還老是被抓到。」

「妳不覺得陳禿頭說話像在催眠嗎？」桑稚揹上書包，打了個哈欠，「我要是認真聽，那我一定會睡著啊。」

「……」有點道理。

殷真如還想說些什麼，眼角餘光注意到站在校門口的幾個男生，她話鋒一轉，提起另一件事情：「對了，妳要不要去書店？」

桑稚瞥她：「去幹嘛？」

殷真如解釋：「傅正初約妳啊，還有六班的幾個男生，我們一起去。」

桑稚又問了一遍：「去幹嘛？」

「說是……」殷真如想了想，「買皇后雄寫的課本？」

「……」

皇后雄是誰？

桑稚沉默幾秒：「王后雄？」

殷真如：「對對對，去不去啊？」

桑稚：「不去。」

「為什麼？」殷真如輕輕撞了一下她的肩膀，曖昧地說：「傅正初還滿帥的啊。」

兩人並肩走出教室。

聽到這句話，桑稚神色有些難以形容：「妳去醫院看看眼睛吧。」

殷真如不服氣：「我眼睛怎麼了？又不是只有我一個人覺得他長得帥！很多人都覺得啊。」

桑稚點頭，再度建議：「那妳們可以組團一起去。」

「……」

說完，桑稚從書包裡拿出手機。她猶豫地傳了封訊息給桑延：

『哥哥，你好久沒回家了。你什麼時候回家？你明天能回來一趟嗎？我好想你喔。』

殷真如不在意她的舉動，失望地說：「妳真的不去啊？」

「不去。」

「他們都在校門口等著……」

「妳想去就去吧。」桑稚心不在焉地說：「我今天沒心情。」

殷真如：「啊，因為叫家長的事情嗎？所以妳打算怎麼辦？不然這次改叫妳爸來？」

桑稚搖頭：「他們都不來。」

「啊？為什麼？」

桑稚還盯著手機，等著桑延的答覆：「我不會告訴他們。」

殷真如提醒她：「就算妳爸媽不來，陳禿頭也會打電話給他們。」

「沒事的。」

後面的一句「我叫我哥來」還沒說出口，恰好收到訊息。

桑延：？

桑延：不能喔。

「……」

到校門口，殷真如跟她說了再見，然後走到傅正初那群人面前。傅正初的表情暗了下來，他盯著桑稚的背影，明知故問：「桑稚不去？」

殷真如點頭：「她被老師罵了，心情不好。」

傅正初的眉頭一皺：「又要叫家長了？」

殷真如：「嗯。」

「……」

這次數快追上他了，讓他這個不良少年的臉往哪裡擺！

傅正初在原地定格兩秒，突然抬腳往校內的方向走。另一個男生劉偉祺連忙叫住他：「喂！你要去哪裡！不是要買王后雄嗎？」

聽到這番話，傅正初退了回來，狠狠敲了一下劉偉祺的腦門：「就叫你多讀點書了。」

劉偉祺條件反射地捂著腦袋：「什麼啊？」

「是皇后雄，笨蛋。」

「……」

另一邊，桑稚繼續傳簡訊給桑延——怒斥他無情無義，完全不顧他現在還沒有獨立生活能力的十三歲妹妹，為了讀大學就拋棄她，讓她自生自滅。

她等了一會兒。

桑延沒有回覆她。

她又等了一會兒。

絕情的桑延依然沒有回覆她。

桑稚徹底死了心，坐上回家的公車，開始斟酌著到家之後應該怎麼跟父母交代這個月第三次的請家長。

要怎麼說才好呢？

說是因為太過優秀遭到老師嫉妒，所以被請家長了；又或者是，自己在課堂上說的話引起老師的誤會，讓他有了事業上的危機感；或者是，天氣太熱了，老師太閒了，無聊就想請家長來喝喝茶……

桑稚煩躁地抓抓腦袋。

好像都不太行。

一抬頭，她發現自己已經到站了，桑稚下了車，磨磨蹭蹭地往家裡的方向走。進了家門，看到熟悉的環境後，桑稚頭皮發麻，更覺得說不出口。

恰在此時，廚房傳來母親黎萍的聲音：「只只回來了？」

「只只」是桑稚的小名。

桑稚應了一聲，慢吞吞地脫著鞋子。因為這滿腹的心事，她也沒注意到鞋架上多了一雙從沒見過的運動鞋。

黎萍再度喊她：「只只，過來一下，幫媽媽一個忙。」

桑稚還在思考該怎麼坦白，含糊地道：「什麼？」

「幫媽媽把這盤水果拿到妳哥房間去。」黎萍從廚房出來，說著：「妳哥回來了。」

「嗯……嗯？」桑稚一下子恢復了精神，音調都提高了幾分，「哥哥回來了？」

「對啊。」

這意外的發展讓桑稚不敢相信，鋪天蓋地的驚喜在一瞬間衝上心頭。冷酷無情的煩人精桑延，此刻在桑稚的心中變成外冷內熱、心口不一的完美哥哥形象。

黎萍還在說話：「妳進去的時候注意點，妳哥哥帶了個……」

「好好好！」沒耐心再聽，桑稚接過水果就往桑延的房間跑，「我知道了！我馬上送過去！」

黎萍的手一空，她看著桑稚今天格外熱情的背影，納悶道：「這孩子今天怎麼回事……」

想到不用被父母訓斥，桑稚情不自禁地彎起嘴角，用力推開桑延房間的門。

房間寬敞明亮，大片的陽光灑進來。鼻子裡瞬間充斥著溫暖的氣息，又在頃刻間，濃郁的菸草味撲面而來，有點嗆鼻，桑稚忍不住咳了一下。

她皺著臉往房間內掃了一圈。

光線微弱之處，清瘦的男人窩在電腦桌旁的沙發上，低頭看手機。他背對著光，模樣隱晦暗沉。

他單手搭在沙發側，修長的手指夾著根菸，還燃著猩紅的光。

他的體形和桑延有點相似，卻出乎意料地陌生。

桑稚的腳步停住，猶疑地眨了眨眼，口中的「哥哥」兩個字沒喊出來。

男人抬起了頭。

她也在這一刻看清他的模樣，莫名地屏住呼吸。

男人的神情寡淡，五官輪廓俐落分明，臉上皮笑肉不笑的樣子，看起來溫和卻難以靠近。他有著微微上挑的桃花眼，淺棕色的瞳孔。他的眉眼斂起，帶著點勾人的意味。

男人的眼睛跟她哥哥那雙深黑色的眼睛完全不同。

本以為會見到她哥哥，卻見到一個不認識的人，她哥哥還不見蹤影，一時間，桑稚的腦子短路，不知道該做出什麼反應。

場面彷彿定格。兩人都停在原地，沒有多餘的動作。

沒過多久，男人重新垂下眼，慢條斯理地把菸捻熄，神情懶散。他似乎沒有說話的欲望，沉默地起身開窗通風。

看著他的舉動，桑稚不知所措地喊：「哥哥？」

聽到這稱呼，男人動作一頓，挑了挑眉。他直勾勾地盯著桑稚，桃花眼帶著溫柔的色澤，還多了幾分玩味。而後，他彎起唇角，拖腔帶調地應了聲。

「嗯？」

「……」

這個回應像是一道雷劈到了桑稚的頭上。

那些不明朗的事情，在這一瞬間被她「腦補」的想法描繪出一道道清晰的痕跡——幾個月沒見的哥哥，再見到就變成眼前的這個樣子。

她完全不敢相信，彷彿石化了，憋了半天才擠出了一個字：「你、你……」停頓幾秒，桑稚艱難地咽著口水，小心翼翼地把話說完：「你整形了嗎？」

「……」

盯著她看了半晌，男人似乎想到了什麼，眼裡閃過一絲戲謔。隨後，他的興致莫名上來了，眨了眨眼，刻意壓低聲音：「嗯。」

「……」桑稚無法冷靜了，接近崩潰，「爸爸媽媽同意？」

又安靜了幾秒，男人舔舔唇角，話裡含著笑：「整得好看不就好了？」

男人的話音落下，桑稚又是一愣。

跟桑延的聲音相比，這個聲音顯得清潤了些，說話的時候尾音會拖長，聽起來曖昧又繾綣，跟她哥哥那總是冷冰冰又欠揍的聲音和語氣完全、一點都不同。

「小孩，」他低笑著，繼續說：「過來看看哥哥整得好不好看？」

桑稚瞬間察覺到不對勁的點。

在這個時候，她的身後有了別的動靜。門打開的聲響傳來，而後是鞋子拍打地面發出的聲音。

桑稚下意識地回頭，瞬間看到桑延。

男人寬肩窄腰，比幾個月前瘦了一些。頭髮濕漉漉的，肩上掛著一條毛巾，似乎是剛洗完澡。看到桑稚，他嘴角揚起，拿起她手裡水果盤上的叉子，插了塊西瓜便往房裡走。

像是見到鬼似的，桑稚顫抖地喊著：「哥、哥哥……」

「怎麼？」桑延瞥她一眼，咬了口西瓜，「又被我帥到了？」

「我……」

她還沒說完，身後的男人忽地笑出聲，打斷了桑稚的話。

桑稚難得有種手忙腳亂的感覺，不由自主地往他的方向看。映入眼中的是比窗外陽光還要亮眼的一個存在。

男人的眉目舒展開來，模樣少了幾分不近人情。眼尾上挑，淺色的眸子裡泛著細碎的光，含著春色，彷彿會勾人魂魄。

桑稚的心跳在頃刻間停了半拍。

她彷彿就這麼中了招，輕易地被攝了心魂。

以為他是在嘲諷自己，桑延看向他：「段嘉許你笑個……」

因為桑稚在，桑延沒把後面的幾個髒字說出來。他換了個話題，拿起一旁的手機，打開簡訊朝桑稚晃了晃：「小鬼，又闖什麼禍了？」

上面顯示的是他們剛剛的對話。

那短暫失神般的情緒因為被桑延打斷，在一瞬間消失得無影無蹤。桑稚立刻反駁道：「我哪有闖禍。」

桑延盯著她，眉毛揚起：「最好沒有。」

「……」桑稚有求於他，只能硬著頭皮說，「但是，哥哥，我有點事……」

在場還有個從沒見過的陌生人，桑稚往他的方向看了看又看向桑延，眼神裡帶了暗示的意味，她欲言又止。

桑延只當作沒看見。

隨後，這個陌生人開了口，語氣饒有興致：「桑延，這是你妹？」

桑延走到床邊坐下：「難不成是我女兒？」

「……」

桑稚也禮尚往來似的問了一句：「哥哥，他是誰？」

桑延言簡意賅：「室友，段嘉許。」

「不認得我了？」段嘉許說，「剛剛不是還叫我哥哥？」

這番話讓桑稚回想起她剛剛傻乎乎的想法，強繃著的臉瞬間垮掉，看起來有些懊惱。

桑延輕嗤一聲：「那麼熟啊？」

說話時，段嘉許已經走到桑稚面前半蹲下來。他認真與她對視，淺色的瞳仁溫柔又帶著蠱惑：「我叫段嘉許，是妳哥的朋友。」

桑稚移開眼神，表情有些不自在：「喔。」

一本正經地對一個半大的小朋友做完自我介紹，段嘉許側頭，又恢復往常那副漫不經心的模樣：「桑延。」

桑延眼也沒抬，繼續玩著手機。

段嘉許問：「看來我跟你長得還滿像的？」

這什麼話？

桑延停下動作，抬頭說：「你照照鏡子。」

「那……」段嘉許接過桑稚手裡的水果盤，「這孩子剛剛怎麼問我——」頓了兩秒，段嘉許又笑了一聲：「是不是整形了？」

「……」

短暫的沉寂後，桑延涼涼地道：「什麼意思？」

「哥哥！」生怕惹桑延不高興，他就不幫自己去見老師了，桑稚連忙扯開話題，「你不是說不回來嗎？」

「小鬼。」聯想到桑稚剛剛的表情，桑延面無表情地說，「妳覺得他是我？」

「沒、沒有。」

「還覺得是整形過後的我？」

「……」

「妳這想法是怎麼來的？」桑延向來自信心爆棚，語氣騷包又惡劣，「我整形？而且還整成他這樣……」

見他似乎沒完沒了了，桑稚的脾氣也上來了：「你想整成他那樣，不是理所當然的嗎！」

「……」

「媽媽又沒跟我說你帶朋友回來了。」憤怒將桑稚打回原形，露出原本無法無天的模樣，「而且房間裡就只有這個人在，我有這個想法不是很正常嗎？」

桑延不耐煩地掏掏耳朵：「小聲一點。」

桑稚板著臉：「我為什麼要小聲一點，我又沒有影響到別人。」

兩兄妹對峙著，桑延絲毫沒有要忍讓妹妹的自覺，繼續火上澆油：「影響到我了。」

眼看這場爭吵似乎會愈演愈烈，段嘉許主動緩和氣氛，朝桑稚招了招手：「妹妹，過來吃水果。」

有朋友在，桑延也沒興致再欺負這個處處跟他作對的妹妹。他看了眼手機，對段嘉許說：「你要不要洗個澡？洗完要回學校了。」

「不了。」段嘉許戳了塊西瓜，遞到桑稚的面前，「把水果吃完再走吧。」

桑稚抿了抿唇，下意識地看了一眼段嘉許。

這一刻，剛剛與桑延幼稚又難堪的爭吵浮現在眼前，再加上這個看起來和藹可親的大哥哥剛剛還那麼無所謂地把她丟臉的事情抖出來，委屈又難言的情緒浮上心頭，桑稚有種被全世界拋棄的感覺。她的臉頰不受控地開始發燙，熱呼呼的，眼周也有了酸澀的感覺。

她開始覺得很難堪。

桑稚沉默地接過，鼻尖彷彿被什麼東西堵住了，熱氣往上湧。她用盡全力憋了好半天，喉嚨裡還是不受控地冒出一聲哽咽。

段嘉許的動作停住。

桑延也聽到了，抬起頭來：「不是吧？」

這句話就像是魔法一樣，話音一落，桑稚的淚珠就被解除了封印，瘋狂地往外掉。壓抑著的哭聲也在一瞬間放大，在房間裡迴蕩著，順著牆壁傳到客廳。

「……」

兩個大男人同時僵在原地。

聽到聲音，黎萍立刻從客廳走了進來：「怎麼回事？」

桑延的反應很快，他厚顏無恥地道：「段嘉許，你怎麼能欺負我妹呢？」

段嘉許的神色僵硬。他從沒遇過這樣的情況，一時間也不知道該做出什麼反應，甚至還沒反應到到底是不是自己把這小孩弄哭了。

沒等他說出解釋的話，下一刻，桑稚扯住他的衣服下襬，躲到他身後，看起來格外害怕。她看向黎萍，還抽抽噎噎著，另一隻手指著桑延：「媽媽……嗚嗚嗚……哥、哥哥……」

黎萍看向桑延，眼神涼颼颼的。

桑稚的哭聲更加悲切：「哥哥打我……」

桑延：「……」

小朋友哭起來滿腹委屈，斗大的眼淚直往下掉，像是要砸到人的心上。很少見桑稚這樣哭，黎萍瞬間慌了手腳，溫柔地哄她幾句，而後變了臉，把桑延拉到客廳教訓了一頓。

門隨著他們的動靜打開又關上。

氣氛因少了一個人而冷下來。桑稚放開段嘉許的衣服，哭聲漸收。

段嘉許回過頭看她。

小妹妹的年齡還小，發育得也不如同齡人好。身高不到一百五，才到他的胸前。眼睛很大，此時紅通通的，還擤著鼻子，看上去就像是隻小兔子。隨後，她可憐兮兮地咬了口西瓜，哭聲徹底止住。

段嘉許笑了，也沒問她為什麼哭，在桌上抽了兩張衛生紙：「不哭了？」

情緒隨著哭泣散去，桑稚的心情好了大半，卻仍有絲絲羞恥殘留。她垂著頭沒說話。

兩人身高差距大，段嘉許乾脆彎下腰來，用衛生紙幫她擦眼淚：「等一下自己去洗把臉。」

桑稚習慣被人這樣照顧，也沒躲開。

沉默中，桑稚的腦海裡突然浮起一個想法——一個對於陌生人來說肯定很唐突的想法。

想了好一會兒，桑稚猶豫地開了口。她還沒開始變聲，因為剛哭過，說話時帶了點小奶音，格外可愛：「哥哥，你要走了嗎？」

段嘉許眼睫一抬，嗯了聲：「怎麼了？」

「你明天有空嗎？」

「明天？」

「對。」桑稚小聲說，「明天。」

段嘉許輕笑：「怎麼突然就問起我的時間了？」

他不明確地說有時間，桑稚也說不出口：「就、就是……」她半天也沒說出個所以然，最後又扯回原來的問題，這次還討好地加了個稱呼：「哥哥，你明天有空嗎？」

段嘉許垂下眼，懶散地道：「如果哥哥明天沒空呢？」

桑稚急了：「不行！」

她剛剛栽贓了桑延，他肯定不會幫她了，現在眼前唯一的希望就是這個人。

她捏捏拳頭，艱難地威脅著：「你一定得有空，你沒空我就……我就告訴我媽媽你們一起打我，男男混合雙打……」

「……」

還男男混合雙打呢。

段嘉許輕扯了一下嘴角：「小孩，妳怎麼不講道理啊？」

桑稚看他一眼，沒什麼氣魄地說：「我還小。」

「嗯？」

「還不懂怎麼講道理。」

「……」好吧。

段嘉許似笑非笑地說：「妳先告訴我，妳明天要我做什麼。」

桑稚猶豫了一下，溫吞地說：「你能不能假裝是我哥哥？」

段嘉許挑眉。

「然後明天，」她覺得有點難以啟齒，聲音隨之低下來，「去見一下我的老師……」

段嘉許明白過來：「被請家長了？」

桑稚沉默下來，像是在默認。

「原因是什麼？」

想起自己在車上想的理由，桑稚不知道自己說了之後他會不會相信。她抓抓頭，遲疑地說：「我可以不說嗎？」

「可以。」

桑稚還沒鬆口氣，段嘉許又不甚在意地補充了一句：「那哥哥明天沒空。」

如果此時站在她面前的人是桑延，桑稚不想告訴他的事情，他就半個字都問不出來。甚至在不告訴他的前提下，她還敢死皮賴臉地糾纏他很久。

但現在，眼前的這個人桑稚是第一次見到。

從說第一句話開始，段嘉許就格外溫和，像是聽到什麼話都不會發脾氣。她看不透他，也因為這疏遠不熟悉的關係，不敢過於放肆。

他的語氣只要稍有一絲變化，桑稚就完全沒了繼續隱瞞的膽量。

桑稚沉默幾秒，很不情願地坦白：「我上課沒聽課。」

段嘉許：「嗯。」

「老師叫我起來回答問題，我回答了。」桑稚頓了一下，慢吞吞地組織說辭，「後來他問我，要不要取代他的位置，當我們班的班導師。我覺得這當然不行啊，我就拒絕了。」

「……」

桑稚看起來敦厚老實，小心翼翼地瞥了他一眼，像是想看他的反應，很快就收回視線：「然後他就說要叫家長去學校。」

說完最後一個字，桑稚覺得整個世界好像都安靜了。隱瞞了一些內容，她其實很心虛。

見他遲遲不說話，她忍不住說：「你是不是不相信？」

聞言，段嘉許總算開了口，語氣裡含著笑：「我是真的有點不信。」

他似乎是真的覺得好笑，肩膀微顫，胸膛隨之起伏，喉嚨裡發出細碎的笑聲，摻雜著淺淺的氣息。他本就長得好看，笑起來更是奪目耀眼，唇色豔得發亮。

兩人靠得很近，桑稚能聞到他身上還未散去的菸味，更覺得不自在。她勉強擠出了一句：「我說的是真的。」

段嘉許：「嗯？沒騙我？」

桑稚用力點頭，模樣極其真誠：「沒有，是真的。不信的話你明天去了就知道了。我現在騙你，老師明天也會跟你說實話的。」

「這樣啊……」

話音未落，門再度打開。桑延沒看他們，往衣櫃的方向走，直截了當地說：「小鬼，出去。」

雖然因為誣陷他的事情，桑稚有點理虧，但她還是不太情願地就這麼走了，囁嚅道：「我待在這裡不行嗎？」

桑延回頭，皮笑肉不笑地說：「我要換衣服。」

「那哥哥……」說到這裡，桑稚扯住段嘉許的衣服下襬，「哥哥應該也要出去吧？我覺得他也不是很想看你換衣服。」

桑延只當作沒聽見：「出去的時候把門關上。」

桑稚當作他默認了，拉著段嘉許往外走：「好，我們會關的。」

「……」

桑延盯著他們看了一會兒，而後擺了擺手，懶得再管。

因為這個話題不能讓第三個人聽見，走出了房間之後，桑稚立刻把段嘉許拉回自己房間，警惕地把門關上，急切地問：「哥哥，那你明天會不會來啊？我都跟你說實話了……」

段嘉許垂下眼，懶洋洋地道：「妳怎麼不找妳哥去？」
「怎麼可以！」桑稚瞪大眼，「我剛剛那樣冤枉他……我要是告訴他，他會立刻告訴我媽媽的。」
段嘉許仍在笑：「妳哥不是那樣的人。」
「……」
這語氣聽不出來是認真的還是在開玩笑。
桑稚剛剛雖然威脅了他，但也只是說大話，此時完全沒轍。毫無退路之際，她又想到先前的事，很記仇地提醒：「哥哥，剛剛要不是你跟我哥說那樣的話，我跟他才不會吵架。」
段嘉許挑眉：「嗯？」
這個時候，房門打開了，桑延站在外頭看向段嘉許：「走了。」
像是沒聽清楚桑稚剛剛說的話，段嘉許點頭：「小孩，下次見。」
桑稚不敢相信。
怎麼就下次見了？他們還沒談妥呢！
察覺到段嘉許是真的要走了，桑稚立刻拉住他的手臂：「你們這麼快就要走了嗎？都這麼晚了，吃完晚飯再走吧？」
段嘉許婉拒道：「下次吧。」
桑稚盯著他，完全沒有要放手的意思。
什麼下次啊？剛剛的話題你就這麼忘了嗎？你是年紀大有健忘症嗎？
但她也不敢把這些話說出口，只能可憐兮兮地問：「下次是什麼時候……」

段嘉許彎著嘴角，沒有說話。

看著兩人這生離死別般的互動，桑延揚眉：「你們幹什麼啊？第一次見面就看對眼了？段嘉許，你注意一點，我妹才十二歲。」

桑稚下意識反駁：「十三了。」

聽到這個數字，段嘉許有些詫異，目光又放到桑稚的身上：「十三了？」

語氣聽起來似乎極其不敢相信，彷彿她已經十三歲了是一件多麼天方夜譚的事情。

這個反應非常直接地踩到桑稚的地雷。她瞬間忘記了自己還有求於人，很不高興地說：「你是不是想說我很矮，看起來一點都不像十三歲？」

桑延抱著手臂倚在門邊，煽風點火道：「他就是這個意思。」

段嘉許抓抓眼下的皮膚，搖頭說：「不是。」

話裡卻毫無誠意。

桑稚盯著他們兩個看了幾秒，發脾氣了：「算了，我不跟你們說了。」她不再像剛剛那樣跟桑延對吵，彷彿真的受到了傷害，低聲說著：「反正我還會長的。」

見狀，桑延的內心少見地浮起一絲愧疚，他出聲安慰：「長得矮不是很好嗎？等妳三十歲了，說不定還有人以為妳才十八呢。」

這更像是在戳她的痛處。

桑稚板著臉：「所以是因為你長得高，別人才會以為你是我爸嗎？」

「……」

桑延的那點愧疚瞬間蕩然無存。

小女孩眼眶還紅著，一副被欺負慘了的樣子，卻依然不甘示弱。

兩次把她惹不高興的源頭好像都是他。段嘉許嘆了一聲，態度開始鬆動，問道：「十三歲，讀國二？」

桑稚不看他，硬邦邦地說：「國一。」

「哪個學校？」

「旭日國中。」桑稚頓了頓，不知道自己這突然浮現出來的想法是不是對的，但還是很沒骨氣地補了一句，「一年一班。」

段嘉許拖著腔重複：「旭日國中一年一班。」之後他彎下腰，對上她的眼：「小孩，妳叫什麼名字？」

桑稚淡淡地抿了一下唇，小聲道：「我叫桑稚。」

「桑稚？」

「對。」桑稚不由自主地避開他的視線，「稚氣的稚。」

段嘉許親暱地捏捏她的臉。「那小桑稚，」他壓低聲音，像在跟她說悄悄話，不讓任何人聽見，「知道下次是什麼時候了嗎？」

跟黎萍道別之後，兩人離開了桑家。太陽已經完全落下，晚霞暈染了整個天空，天氣也多了幾分涼意。

段嘉許突然問：「你妹妹應該還算聽話吧？」

「聽話？」桑延哼了聲，他不知從哪裡翻出一根棒棒糖，此刻正咬在嘴裡，「那小鬼正值叛逆期呢，非常難管。」

叛逆期。

難管。

倒也還好。

但她畢竟是個心智還沒成熟的小孩，而且也不清楚有沒有發生什麼嚴重的事情，段嘉許考慮了一番，還是跟桑延說了這件事：「妳妹被請家長了，剛剛問我能不能幫她去見老師，你自己看看怎麼處理？」

桑延嘖了聲：「怪不得一直要留你下來吃飯，我就知道這小鬼沒打什麼好主意。」

段嘉許笑著沒說話。

「想來也不是什麼大事，叫好幾次了，每次都是那幾個原因。」桑延低頭傳訊息給別人，心不在焉地問：「你明天有空嗎？有空就幫我去一趟吧，我明天有點事。」

「明天啊……」

「嗯，沒有就算了，我等一下跟我媽說一聲。」

他剛答應了她，轉眼就告訴家長，那孩子想必又要哭了。

「沒有也得有啊。」段嘉許眉眼低垂，散漫地說：「總不能騙小孩啊。」

聽到玄關處的門關上的聲音。桑稚偷偷看了一眼，然後光著腳跑到黎萍面前：「媽媽，哥怎麼回來了？」

黎萍：「他說在附近打球，就順路過來洗個澡。」

「那都這麼晚了，妳怎麼不留他們下來吃晚飯啊？」

「妳哥的朋友有事。」黎萍並不把這件事放在心上，悠悠地問，「只只，妳哥真的有打妳嗎？」

「……」桑稚立刻心虛起來，不敢再問，轉身往房間跑，「我要去寫作業了！」

回到房間，她上了鎖。

桑稚跳到床上，扯過一旁的布偶抱到懷裡。她的心情仍舊很不好，思緒卻不知不覺放空，腦海裡反覆迴盪著段嘉許最後說的那句話。

『知道下次是什麼時候了嗎？』

他回應的應該是她的那句「下次是什麼時候」，這代表他會來吧？

桑稚總算鬆了口氣，翻了個身，雙腿交替晃著，愉快地哼起歌。她看著外頭暗下來的天，繼續想著剛剛的事情。

再往下想——

段嘉許抬起手，捏了捏她的臉。

「……」

桑稚立刻坐了起來。

她剛剛是被那個男人捏臉了吧？沒錯吧？

他怎麼能捏她的臉？才第一次見面！他怎麼能捏她的臉！

他捏就算了。為什麼還湊那麼近！還……叫她小桑稚……

算了。

桑稚平復情緒，裝作不在意的樣子強調：「算了。」

她就當作是答謝他幫自己的忙，勉強讓他占點便宜。

她目光一掃，恰好看到書桌上的鏡子。跟鏡子裡的自己對上眼後，注意到自己紅透的臉。

桑稚的冷靜瞬間垮掉。

妳為什麼要露出一副是妳占了便宜的樣子啊！

她活了十三年，第一次擁有這樣的情緒。桑稚倒回床上，無所適從地把自己捲進被子裡，體會著裡面的空氣越來越稀薄的感覺。

然後，她聽見心跳的聲音不斷放大。

◇

第二天清早，桑稚漱洗完走出客廳的時候，桑榮和黎萍都已經坐在餐桌旁吃早餐了。既然已經找到幫手，她也裝作什麼事情都沒發生，沒跟他們說請家長的事情。

她到餐桌前坐下，黎萍幫桑稚盛了碗瘦肉粥。

剛醒來，他們都沒有說話的欲望，房子裡安安靜靜。

桑稚慢吞吞地吃著粥，忽然想起段嘉許昨天的反應。她吐了一口氣，小聲問：「爸爸，我是不是有點矮？」

桑榮看向她，問：「誰這樣說妳嗎？」

桑稚點頭，什麼事情都第一時間往桑延身上推：「哥哥說我。」

黎萍：「別聽妳哥的。」

桑稚用湯匙戳了戳碗底：「可是我同學都才十二歲，都比我高，殷真如都一百六了。」

桑榮安慰她：「妳才多大，還會長高的。」

「你們都長得高，為什麼我就長不高？我坐公車的時候還有人讓座給我，以為我是小學生。」桑稚的情緒格外低落，她沉悶地問：「哥哥十三歲的時候有一百五嗎？」

黎萍猶豫地說：「你哥是男孩子，所以──」

桑榮突然打斷她，回答桑稚的話：「沒有。」

「……」

「哪有那麼高。」桑榮平靜地說，「爸爸不太記得了，但是爸爸勉強有個印象。妳哥那個時候應該還不到一百四。」

「……」

桑稚的胃口突然好了起來，她抱著碗，稀哩呼嚕地把粥吃完。她拒絕了桑榮開車送她去學校的提議，揹上書包，像往常一樣自己坐車去上學。

快走到車站時，桑稚低下頭，費勁地從書包裡翻出學生票卡。餘光注意到旁邊的便利商店，她猶豫了一下，走了進去。

這家店的面積不大，擺放飲料的冷藏櫃放在門口。桑稚盯著放置牛奶的那一排，眼睛一眨也不眨，不知道在想什麼。

見她在那裡待了好一段時間，站在收銀臺後的店員忍不住問：「小朋友，妳要買牛奶嗎？」

換作平時，桑稚肯定懶得計較。但此刻，她回過頭，指了指自己身上的校服：「我上國中了，你不要這樣叫我。」

也不等店員回應，桑稚繼續說：「我不買，我只是看看。」

說完，她道了聲「再見」，然後走出店外，恰好趕上一班擠滿人的公車。桑稚連忙上去，順著人流往裡面擠，找了個空位站著。

車子晃動得厲害，因為慣性，桑稚站得很不穩，抓著吊環還得踮腳，格外吃力。車子突然緊急剎車，她不受控地往前倒，心臟一空。下一秒，有人揪住她的書包往後扯。

接連不斷的抱怨聲響起。

桑稚伸長手，勉強抓住遠處的扶杆。在此光景之中，她找了個空隙往後看，剛剛好對上傅正初的視線。

少年的身高大約一百七，比她高一顆頭。他五官輪廓還沒長開，看上去柔和又稚嫩，臉上是刻意堆砌起來的成熟：「沒事吧？」

桑稚點頭，沒說話。

傅正初把自己的位子讓給她：「妳站這裡。」

他的身高夠抓住那個吊環，桑稚也沒客氣，說了一句「謝謝」。兩人沒多餘的交流，過了半晌，傅正初擠出了一句：「我聽殷真如說，妳被請家長來學校是嗎？」

桑稚看向他，不大痛快：「她怎麼什麼都跟你說？」

「妳昨天不是沒一起去書店嗎？我就問了一下。」傅正初似乎有點緊張，「沒別的意思，我只是想跟妳說一聲，我也被叫家長了。」

桑稚一頓：「你也被叫家長了？」

「嗯。」

「什麼原因？」

一時想不到怎麼回答，傅正初含糊其詞地說：「就上課不聽課啊。」

桑稚點頭：「我也差不多。」

「妳怎麼不聽？」

「太簡單了。」桑稚說，「不想聽。」

「……」傅正初抓抓頭，不動聲色地說：「我也是。」

桑稚狐疑地問：「但你上次考試不是排全年級倒數嗎？」

汗珠順著傅正初的額角落下，他移開視線，握著吊環的手收緊，臉上的情緒卻淡淡的：「嗯。題目太簡單了，我懶得寫。」

似乎覺得這個解釋合理，桑稚平靜地喔了聲，沒再說什麼。

場面安靜下來，安靜到有些尷尬。傅正初輕咳了聲，主動打破尷尬：「妳上次考第幾名？」

桑稚：「第一。」

「……」傅正初咬咬牙，很快又鬆開，無所謂似的咧嘴笑，「好，我下次也考個第一來玩玩。」

桑稚上下掃視著他：「你下次要拿第一？」

傅正初點頭，氣勢弱了一半：「怎麼了？」

「沒，就是提醒你一下。」桑稚並不把這句話放在心上，理所當然地說：「有我在，不可能。」

「……」

就這樣，兩人的處境似乎莫名地變成敵對了。

之後傅正初也不知道該說什麼。對這方面，他一點經驗都沒有，也不太好意思厚著臉皮一直扯著尷尬的話題，最後沉默下來。

到站後，桑稚先下了車，快步往學校走。

傅正初跟在她後面，絞盡腦汁地想著怎麼挽回局面，還沒有任何頭緒時，恰好遇到一個認識的男生。男生跟他打了聲招呼，很自然地勾住他的脖子往前走。

少年的步伐大而快，他們很快就超過桑稚。傅正初回頭喊：「桑稚，我先走了啊。」

桑稚敷衍地和他擺了擺手。

那個男生也看了桑稚一眼，意味深長地喔了一聲，然後嘿嘿直笑。傅正初抬腳踹他，視線總不自覺地往桑稚那邊飄：「你有病啊？」

桑稚並沒有注意他們在說什麼。

她一個字也沒聽進去，也完全不在意。腦袋裡裝的東西全都是接下來的請家長，以及昨天見到的那個男人。

昨天那麼匆忙，桑延在場，段嘉許又是臨時答應她會過來，所以什麼話都沒說清楚。桑稚沒有他的聯繫方式，也不知道怎麼要告訴他要下午四點半過來。

她不知道他會幾點過來。

因為總想著這個，桑稚一整天都沒聽課，時不時透過窗戶往校門口的方向看，被幾個老師點名過後，她才收斂了些。

牆上時鐘的分針不斷轉動著，四點二十分準時響起下課鐘聲，最後一節課結束了。

以為桑稚大概會跟她哥哥一起回家，殷真如也沒等她，跟她道別之後便離開了。

桑稚閒著沒事，便從抽屜裡翻出本子繼續畫畫。時間一分一秒地過去，等她再抬頭看鐘時，發現此時已經接近五點了。

寬敞的教室裡也只剩下她一個人。

她愣了一下。

段嘉許還沒來。

桑稚不知道他是不是不知道國中幾點放學，還是把這件事忘了。她勉強穩住心神，想繼續畫畫，這次卻完全沒了心思，腦袋裡亂成一團。

又等了十五分鐘，桑稚聽到外頭傳來其他班的門被用力關上的聲音。也許是心理作用，她覺得此刻似乎比剛剛更安靜了。

一個人弄出來的小動靜在此刻都放大了，前一天他所說的那句話像是一句玩笑。

桑稚等不下去了，猛地站起來。

椅子往後滑動，吱了一聲，刺得耳朵都痛了。她停在原地，眼眶漸漸泛紅。她強行繃著臉，將委屈的心情壓下去。

「算了。」

桑稚隨手塞了幾本書到書包裡，揹上就往外走。

國中一年級放學時間早，四點出頭就結束了一天的課程。此時剛過五點，走廊就已經空蕩蕩的，只看到零散的幾個人。

桑稚低著頭，小跑著下樓。她的步伐很快，也沒看前面的路，就像隻無頭蒼蠅。

忽然間撞上一個人，桑稚往後退了幾步，悶悶地道歉，連頭也沒抬就繼續往前走。

同時，被她撞到的人出了聲：「同學，妳知道一年一班怎麼走嗎？」

男人的聲調微揚，尾音很自然地拖長，他說話時總帶著一點無法言說的慵懶，像是貼近耳側，帶著氣息，在人心上搔癢。

有點熟悉。

桑稚回頭。

段嘉許站在欄杆旁，穿著白衣西裝褲。他的瀏海略長，遮蓋了眉毛，五官出色到過於豔麗。他垂下眼，看著她的臉時，唇角一鬆：「桑稚？」

也不知道該說這是意料之內，還是意料之外的遇見。桑稚盯著他看了幾秒，很快又低下頭，沒說話。

注意到她紅紅的眼睛，段嘉許蹲下來看她：「又哭了？」

「……」

他覺得好笑：「怕成這樣？」

桑稚抿緊唇，一聲不吭。

段嘉許：「別哭了，哥哥替妳去挨罵。」

桑稚看向他。

段嘉許揉揉她的頭髮，問：「現在去教室還是去辦公室？」

桑稚沒回答他的問題，指責：「哪有人像你這麼晚來的？」

聞言，段嘉許眉梢一抬，好脾氣地說：「那應該幾點來？」

桑稚生硬地回：「我四點二十就放學了。」

「這麼早嗎？哥哥不知道啊。哥哥跟妳道歉行不行？」段嘉許的語氣很不正經，像在逗小寵物，「哥哥跟妳認錯。」

因為他的到來，桑稚的情緒消了一半，她憋出了一句：「不用。」

距離放學已經有一段時間了，怕老師等太久，桑稚也沒再鬧脾氣：「走吧。」

「去哪裡？」

「辦公室。」

走到一樓，往左轉就能看到教師辦公室，兩人在距離門口五公尺的遠處停下。

桑稚思考了一下，交代了幾句：「這個我還滿有經驗的。等一下老師會一直跟你告狀，然後你附和他就好了。」

段嘉許散漫地嗯了聲。

接下來要做的事對於桑稚來說，是她做過最出格和嚴重的事情——聯合他人一起欺騙老師。

桑稚的表情凝重：「還有，哥哥，你儘量少說話。不然如果露餡被抓到的話，我們兩個都完蛋了。」

段嘉許舔著唇笑：「怎麼聽起來還滿嚇人的啊？」

桑稚很緊張，虛張聲勢地看他：「你膽子大一點。」

「好。」段嘉許笑出聲，「我會勇敢的。」

這個時候，辦公室裡只剩兩個老師在。一個是陳明旭，另一個是六班的班主任，也是一班的英語老師，姓張。兩人的辦公桌並列，陳明旭正批改作業，還有一搭沒一搭地跟張老師聊著天。

桑稚走過去：「老師。」

陳明旭抬頭：「來了？」

桑稚低著頭說：「嗯，我哥哥來了。」

段嘉許站在她身側，倒是沒她那麼心虛，說話坦蕩而又冷靜：「老師您好，我叫桑延，是桑稚的哥哥。」

本來桑稚還怕他會嚇得說不出話，卻意外地聽到「桑延」兩個字，而且他這謊還說得平靜鎮定，語氣無波無瀾，帶著十足的氣勢。

她忍不住看了他一眼。

陳明旭站起來，忙道：「我是桑稚的班導師，姓陳。麻煩你跑一趟了，先坐。」
張老師在一旁打趣：「這是第幾次了啊？」
陳明旭壓低聲音，沒好氣地道：「你不也是嗎？」
聽到這句話，桑稚這才注意到此時辦公室裡還有第五個人。傅正初站在兩個老師後方的角落，不發一語，像個透明人似的。
兩人的視線對上之後，傅正初腳步動了一下，彷彿在掙扎。很快，他走了過來，站在距離桑稚兩公尺遠的位置，恰好是張老師的正前方。
兩人站得近，年齡相近，樣貌又都亮眼，很容易就讓人聯想到一個念頭。
段嘉許坐在陳明旭旁的椅子上，目光在他們兩個身上打量著，眼裡帶了點意味深長，而後他朝她招了招手：「過來。」
桑稚乖乖地過去：「怎麼了？」
陳明旭在一旁找著資料，沒有注意到他們這邊的情況。
段嘉許單手托著臉，又朝桑稚勾了勾手指頭。
桑稚頓了幾秒，妥協地湊過去。
「小孩，」他低下頭，用氣音跟她說起悄悄話，「妳那麼早就談戀愛啊？」
前面那個詞冒出來的時候，桑稚還有些不滿。但緊接而來的那句話讓她的腦袋有了一瞬間的空白：「什麼？」
反應過來後，桑稚的臉蛋立刻充了血，紅得像顆小番茄，也不知道是氣到還是著急。她怕被老師聽見，壓著聲音怒道：「你才那麼早就談戀愛！」

「嗯？我倒是想。」段嘉許重新靠回椅背，懶洋洋地說：「但我年齡不允許了嘛。」

桑稚其實不清楚他幾歲。但聽他這麼一說，再聯想到桑延的年齡，她繃著臉不悅地道：「你是滿老的。」

「……」

你是滿老的。

滿老。

老。

儘管段嘉許不太在意年齡，但聽到這句話，還是覺得心口處被戳了一刀。

剛滿二十歲就被冠上了「老」這個標籤，段嘉許不知道該怎麼形容自己此刻的心情。他慢慢地吐了口氣，一字一字地問：「我老？」

桑稚又點頭：「你老。」

「小孩，妳覺得我老，」大概是覺得太過荒誕無稽，段嘉許又好氣又好笑，「那妳怎麼不叫我叔叔？」

「喔。」桑稚思考了一番，覺得有點道理，立刻改口，「叔叔。」

「……」

小女孩的眼睛圓而大，清澈又乾淨，沒沾染半點雜質，她說話時認認真真的，彷彿說出來的字字句句都是發自肺腑。

她用最純真的表情在人的傷口上補刀。

旁邊的陳明旭在此時打斷兩人的對話。他倒了杯水給段嘉許，有些尷尬地說：「抱歉，你先坐一下。我喝太多水了，先去一趟廁所。」

段嘉許調整了一下情緒，回頭應道：「好的。」

也許是閒得發慌，等陳明旭走後，段嘉許別過頭，再度跟桑稚計較起剛剛的事情：「妳知道如果妳這麼叫我，妳哥也得這麼叫我嗎？」

桑稚誠實地答：「不知道。」

段嘉許：「所以喊哥哥還是叔叔？」

桑稚想了想，勉強地說：「那還是喊哥哥吧。」

段嘉許的眉目舒展開來，悠悠地說：「還滿護著妳哥的嘛。」

「什麼護著。」桑稚沒明白他的話，「我幹嘛護著他？他常欺負我，我只是不想讓他叫你叔叔。」

「為什麼？」

「他看起來比你老。」

沒想到會得到這樣的答案，段嘉許一愣，忽地笑出聲，然後忍著笑重複了一遍：「桑延看起來比我老？」

桑稚：「對啊。」

儘管是在「老」之中的較量取得勝利，段嘉許的心情依舊大好。他輕咳了一下，故作謙虛地問：「小孩，妳怎麼看出他比我老的？」說完，他又補了一句：「我覺得差不多啊？」

桑稚的目光在他臉上打量，很快又垂下，她溫吞地說著：「還是有點差距的。」

「……」

下一秒，有個女人敲了敲辦公室開著的門，眼睛朝這邊看，模樣有些靦腆：「您好，請問傅正初的班導師是在這裡嗎？」

張老師也連忙站起：「對！您是正初的姊姊吧？」

女人抿著唇笑，走了進來：「對的。」

站了半天的傅正初忍不住抱怨：「姊，妳怎麼現在才來啊？」

桑稚順勢看過去。

女人的眉眼輪廓和傅正初有幾分相似，她穿著一襲白裙，滿是學生味。她化了淡妝，唇色淺淺的，面容秀麗出色。她小聲跟傅正初解釋：「我一下課就過來了，有點遠。」

說完，女人注意到坐在椅子上的段嘉許，目光定了兩秒，很快就挪開，說話時她似乎更緊張了些：「抱歉，張老師，讓您久等了。」

張老師擺擺手：「沒事，也麻煩您專門跑一趟了。」

因為桑稚剛剛的話，段嘉許笑了半天。此時他的嘴角還上揚著，目光沒移開過，盯著桑稚看：「妳老師什麼時候回來？」

桑稚收回視線：「應該快了。」

「小桑稚，哥哥有點無聊。」段嘉許百無聊賴地逗她玩，「妳說點有趣的事情給哥哥解解悶？」

桑稚狐疑地看他：「說什麼？」

「就說，」段嘉許想也不想，「嘉許哥哥世界第一帥。」
「我又不是錄音機。」桑稚不樂意。
「只是要妳誇我一下。」段嘉許說，「不是把妳當錄音機。」
桑稚拒絕：「我不要。」
段嘉許倒也不生氣，拖著尾音調侃道：「小氣鬼。」
這個時候，去廁所的陳明旭總算回來了。他坐到位子上，笑呵呵地說著：「抱歉啊，肚子突然有點不舒服。」
「沒事，不急。」段嘉許把桌上那杯沒喝過的水推到桑稚面前，問道，「渴不渴？」
「小氣鬼」沒說話。
段嘉許用指節在杯子旁敲了兩下：「喝水。」
之後段嘉許便看向陳明旭，認真地聽他說話。
桑稚這才拿起水杯，默默地喝了一口。看著空蕩蕩的桌面，想起他過來之後就沒喝過水的事情，她站在原地掙扎了一下，最後還是走到飲水機旁倒了杯水給他。
桑稚覺得陳明旭最煩的一點就是，他每次叫家長來說的內容都是一模一樣的。桑稚聽過好幾次，覺得自己都能倒背如流了。這麼一說，陳明旭還真像他們剛剛所說的「錄音機」。
她無聊得想打哈欠，思緒漸漸飄遠。
她突然注意到，另一邊的氣氛居然還滿好的，不像她這邊這樣，只聽陳明旭不斷地在告狀。
桑稚仔細聽了聽。

張老師突然笑了起來：「正初這個孩子就是成績差，但別的都很好。這次也不是因為他做錯了事情才把您叫過來，是他昨天突然衝進辦公室裡，大喊著他要叫家長過來，還把我嚇了一跳呢。」

「……」

此話一出，傅正初立刻看向桑稚。

兩人的視線對上。

——沉默。

沒想到她會聽到，傅正初的神色變了，他窘迫到了極致，像是下一刻就要找個洞把自己埋起來。

桑稚顯然覺得難以置信，用手指點了兩下太陽穴，無聲地詢問：你是不是這裡有問題？

哪有人主動要求叫家長來學校的？

傅正初強裝冷靜，用嘴型說了一句「改天跟妳解釋」，而後別開視線。

他的頭一轉，桑稚恰好注意到傅正初的姊姊往她這邊瞥了一眼，看的卻不是她。

桑稚順著她的目光看去——

她果然是在看段嘉許。

本以為只是意外，但後來，桑稚看到她三番五次地看過來，不知是不經意還是什麼別的理由。

桑稚垂下眼，拳頭慢慢收緊，然後不動聲色地挪了一下位置，擋住了女人的視線。

談話持續了大概四十分鐘的時間。

陳明旭告完狀，喝了口水：「差不多就是這樣了。其實我也不太想常麻煩你們過來一趟，但桑稚這孩子真的讓我很頭痛。我叫她起來回答問題，她還問我是不是不會，說我叫她起來是不是要她教我，還說什麼不能搶我的飯碗，弄得別的孩子都無法專心上課了。」

段嘉許頓了一下，側頭掃了桑稚一眼：「還有這種事？」

桑稚立刻低頭，裝作在反省。

陳明旭點頭：「我之前也跟你母親溝通過好幾次，耽誤了你們不少時間，但也是為了這孩子好。桑稚很聰明，好好念書的話以後肯定能考上第一志願。你回去也多督促督促她。」

「好。」段嘉許說，「我回去會好好管教她的。」

兩人走出辦公室。

事情比預想中的順利，陳明旭沒有任何懷疑，懸在桑稚心中的大石也隨之落下。她看向段嘉許，表情裡多了點親近：「謝謝哥哥。」

段嘉許嗯了聲：「回家了？」

「對啊。」桑稚眨眨眼，因為他幫自己解決了問題，此時語氣裡還帶了幾分討好，「不然還要做什麼？」

「我這不是……」段嘉許的聲音停了一下，他慢條斯理地提醒，「還沒開始管教妳嗎？」

「……」

這句話像一盆冷水潑到桑稚頭上，她的愉快一下子就沒了大半，不太情願地擠出一句：「你也要對我嘮叨？」

「走吧。」段嘉許不置可否，「哥哥送妳回家。」

他沒有回答，桑稚便以為他說的那句話只是玩笑，她還來不及鬆口氣，段嘉許又接著說：「路上再慢慢嘮叨。」

桑稚：「……」

兩人一左一右地往校門口的方向走。

他給了她緩衝的時間，在校內也沒繼續說這些事。

桑稚提心吊膽地捏著書包背帶，忍不住說：「我哥幫我見完老師，之後都不會再教訓我的。」

段嘉許：「真的？」

桑稚：「當然是真的！」

段嘉許盯著她，像是在分辨她這句話的真偽，然後從口袋裡拿出手機：「我問問。」

「……」

「等等！」桑稚嚇一跳，跳起來搶他的手機，「你去問的話，我哥不就知道了嗎？他知道了就代表全世界都知道了！那你今天就白來了！」

「哥哥得問一下啊。」段嘉許像逗貓一樣，手舉上又舉下，就是不讓她拿到，「大老遠跑過來，如果還被妳這小孩騙，那哥哥多可憐啊。」

在這個時候，身後有個女聲打斷他們兩個的互動。這聲音細軟，小得幾乎聽不見，帶著顯而易見的緊張：「你、你好！」

兩人下意識回了頭。

是傅正初的姊姊。此時就她一個人站在原地，傅正初不知道去哪裡了。

女人的個子不算高，身材細瘦。五官小巧秀氣，臉蛋紅通通的。她看著段嘉許，慌亂地把手機從口袋裡拿出來：「可以和你交換聯絡方式嗎？」

氣氛頓時變得有點古怪。

段嘉許看向她，沒有說話，像是無聲的拒絕。

女人的表情變得越來越尷尬和不自在。

桑稚的眼珠骨碌碌的，目光在他們兩個身上打轉，她也看不透段嘉許的意思。沒等他回應，她突然仰起頭，語出驚人：「姊姊，我哥有二十九個女朋友。」

段嘉許的眉頭一皺，垂頭看她。

「你不用緊張，他應該會給妳的。」桑稚不敢看段嘉許，模樣真誠又開朗，「他一天換一個，這個月還缺一個，應該就是妳了。」

「……」

桑稚的音量不大，語氣也平靜。但也許是因為內容過於震撼，在此刻就像是用喇叭擴了音，傳進另外兩個人的耳中。

沉默被打破，氣氛有一瞬間的放鬆。而後，又進入了一個更尷尬的局面。

段嘉許抖了抖唇角，依然沒說話。

女人看不出他在想些什麼，究竟是被戳中心思，抑或是覺得這只是無關痛癢的玩笑話。她臉上的笑意掛不住了，舉著手機的手漸漸放下。

桑稚悄悄地往段嘉許的方向看了眼，很湊巧地跟他對上了目光。她立刻低下頭，做賊心虛般地把書揹到胸前，摸索著裡頭的手機，當自己只是背景。

又過了幾秒，段嘉許收回視線，順著桑稚的話說：「嗯，我有點渣。」

「……」

「而且最近有點應付不來了。」他輕笑一聲，搖搖手裡的手機，散漫地說：「妳想要打電話給我可能要先排隊。」

他的語氣理所當然，似乎不覺得這些話有什麼不妥，臉上沒半點羞愧，像是覺得有一副好的皮囊就高人一等一樣。

段嘉許輕佻地抬了一下眉：「妳要不要再考慮一下？」

女人深吸了口氣，勉強保持著禮貌：「不用了。」

「那可惜了。」段嘉許嘆了一聲，惋惜道：「要不然還是留個聯繫方式吧？說不定妳哪天改變主意……」

沒等他把話說完，女人直接轉頭走了，只剩桑稚和段嘉許兩個人站在原地。

等看不到女人的背影後，段嘉許轉頭看向桑稚：「小孩，哥哥湊不到三十個了，怎麼辦？」

「……」

這語氣溫和又平靜，彷彿他真的是在詢問，又像是笑裡藏刀。

桑稚甚至覺得，他還不如對自己發脾氣，殺傷力說不定還沒這麼強。

「差一個。」段嘉許笑著說：「這個月怎麼過？」

「……」桑稚不敢說話，不自在地咳了兩聲，背脊發麻。膽怯的情緒一下子布滿心頭。

站在一旁的段嘉許沒再說話，安靜得過分，彷彿是在醞釀什麼大招。

桑稚實在害怕，這次連偷看都不敢。無法預知的未來讓她忐忑不安，她吞了口口水，不動聲色地往後退一步。她鼓足勇氣，快速喊了一句「哥哥再見」，然後突然拔腿往前跑，像逃難似的。

段嘉許揚揚眉，輕鬆地抓住她的手臂，把她扯了回來：「跑什麼？」

「太晚了……天都快黑了。」桑稚心虛地低著頭，聲音小得像是蚊子叫，「等一下我媽回家看到我還沒回去，她會擔心的。」

段嘉許敷衍地看看天空：「這麼晚了，哥哥怎麼能讓妳一個人回去？」

桑稚立刻說：「沒事，車站就在附近，下了車我就差不多到家了。哥哥你也得回學校，不然回去會很晚。」

「嗯？」段嘉許說，「我之前怎麼看不出來妳這麼關心我？」

「……」反正跑不掉了，桑稚乾脆自暴自棄，「哥哥，就這麼一件小事情，你幹嘛記那麼久？你又沒什麼損失。」

段嘉許懶洋洋地說：「怎麼就沒損失了？」

桑稚理直氣壯：「你考慮那麼久，不就是不想給那個姊姊電話號碼，又不好意思拒絕？那我剛剛不是在幫你嗎？這麼一算，你還得跟我說一句謝謝呢。」

小女生胡扯的功夫倒是厲害，眼睛都不眨一下。段嘉許盯著她看了好幾秒，似是氣到笑，輕扯了一下嘴角，說：「好。」

「不過哥哥你剛剛也幫了我。」他就這麼答應了，桑稚的心裡還是覺得有點害怕，她只能硬著頭皮說：「那我們就扯平吧。」

「這可不行。」段嘉許說，「走吧，哥哥親自上門答謝。」

「……」

這個年齡的小孩最害怕的兩個詞大概就是「報告老師」、「請家長」。

眼前的人總拿這兩點來恐嚇她，讓她瞬間沒了脾氣。桑稚不敢再惹他，很委屈地說：「你怎麼動不動就要告狀，你這樣很幼稚。」

段嘉許眼尾稍揚，淡淡地道：「我還差個女朋友，心情不好啊。」

桑稚反駁：「那你是來幫我見老師的，又不是來相親的。」

「好，妳告訴我，誰教妳這些的？」段嘉許好笑地說：「還一天換一個女朋友，把哥哥說得跟鴨一樣。」

桑稚眨眨眼，不明白地問：「為什麼跟鴨一樣？」

「……」

突然意識到站在自己面前的只是個剛上國中的小朋友，段嘉許的表情一頓，他抓抓臉，隨後提起她揹著的書包，面不改色地說：「就是養寵物的意思，養鴨子，然後替鴨子一天換一個主人。」

桑稚順勢把雙臂抽出來。她想了想，雖然覺得有點怪怪的，但還是裝作懂了的樣子：「喔。」

粉藍色的書包就這麼落入他的手中，段嘉許在手裡掂量了一下這書包的重量，扯開話題：「這麼輕？」

兩人往車站的方向走。

桑稚：「我沒什麼要帶的。」

段嘉許：「作業呢？」

桑稚的表情這才有了變化，她拖拖拉拉地說：「我不想寫。」

「不想寫？」段嘉許說，「那妳的時間用來幹什麼了？」

「……」

「小孩，妳得聽話。上課好好聽課，別破壞課堂規矩、故意跟老師作對，作業也好好完成。」想到剛剛辦公室裡的那個男孩，段嘉許又囑咐了一句，「還有，不要那麼早談戀愛，成年了再說，妳這個年齡就好好面對純真的友誼。」

桑稚看了他一眼，敷衍地喔了一聲。

見她完全沒聽進去，段嘉許似是不經意地補充：「妳要是再被叫家長，今天我冒充妳哥哥過來的事情大概就會被發現吧，那我到時候可真的會完蛋。妳總不能就這樣恩將仇報吧？」

桑稚：「下次你再過來不就好了……」

段嘉許沒答應，笑意收了一些。

不知道為什麼，桑稚有點怕他生氣，也因此一下子就沒了立場：「我知道了。」

他這才笑了：「很乖。」

語氣像獎勵一樣。

段嘉許俯下身，親暱地揉揉她的腦袋：「走吧，哥哥送妳回家。」

把她送到樓下，段嘉許沒有要上去的意思，把書包放到她面前：「上去吧。」

桑稚點頭，乖乖地道：「謝謝哥哥。」

走到大門處，桑稚從口袋裡掏出鑰匙，慢吞吞地把門打開。不知道以後還會不會遇見，身後也聽不到他離開的腳步聲，她停下動作，小心翼翼地回過頭。

段嘉許還站在原地，恰好跟她對上視線。

像是被當場抓包，桑稚的臉漲紅，她立刻喊：「哥哥再見！」隨後手忙腳亂地跑進大樓裡。

家裡還沒有人回來，房子空蕩蕩的。

桑稚用手貼著發燙的臉，快速地踢掉鞋子，跑到陽臺處，抓著欄杆往下看。段嘉許已經快走出社區了，此時單手舉著貼在耳邊，像是在打電話。

過了幾秒，彷彿注意到什麼，他忽然抬起頭，往桑稚的方向看去。

桑稚猝不及防又做賊心虛，猛地轉身蹲下。

心臟怦怦怦直跳，像是下一刻就要從身體裡跳出來。她吞吞口水，無端的心虛和手足無措讓她不敢動彈，過了好一陣子才重新往外看，卻已經看不到段嘉許的身影。

桑稚吐了口氣，心裡莫名其妙地覺得有些空蕩蕩的。

◇

這件事解決得很順利，老師那邊沒察覺到有什麼不妥，父母那邊毫不知情，也因此桑稚沒受到過多的教訓。

但卻帶來無窮無盡的後遺症。

她開始不斷反反覆覆的想起同一個人。

有什麼帶著酸澀，又能嘗出一絲絲甜味的東西在萌芽。

桑稚覺得這種感覺很莫名其妙，她很不知所措。她不敢跟任何人說這個事情，覺得有些羞恥，又像是一夜之間長大，有了屬於自己的、不能跟任何人說的祕密。

桑稚開始不斷地走神。

塗鴉本上、日記本裡也漸漸填滿了一個男人的名字，儘管她連那個人的名字對應的是同音的哪個字都不知道。

這種感覺只持續了一段時間，也許是因為他們沒再見面而被時間漸漸沖淡，又或許是被她強硬地壓在心底，想當作不存在那樣。

轉眼間，期中考試結束，迎來了端午假期。

桑稚早早回到家，從冰箱裡拿了碗草莓，趴在沙發上慢吞吞地啃著。父母還沒回來，家裡就她一個人，電視上的動畫片發出歡樂的背景音樂。

忽然，玄關處的門被打開。

桑稚下意識地看過去，一瞬間就看到桑延的臉。沒想到他這個假期會回來，桑稚愣了一下，然後像是沒看到似的收回視線，繼續看著電視。

桑延好氣又好笑：「不知道要叫人啊？」

「你回來怎麼不提前說一下？」桑稚手裡拿著一顆大草莓，她邊咬邊說：「媽媽剛剛打電話叫你煮飯，你快去煮吧。」

桑延冷冰冰地說：「我都沒跟她說我回家，她怎麼會叫我煮？」

桑稚的目光沒從電視上挪開，她從旁邊摸索著手機，撥電話給黎萍，然後按了擴音：「你不信的話我打電話給她。」

桑延懶得理她，從冰箱裡拿了瓶冰水喝。

那頭很快就接起電話，喊道：『只只，怎麼了？』

「媽媽。」桑稚面不改色地說：「哥哥回來了，妳剛剛是不是說要我叫他煮飯啊？」

桑延把冰箱門關上，往桑稚的方向看，接著他聽到電話裡的黎萍沉默了幾秒，然後說：『對啊，他煮了沒？』

桑延：「……」

桑稚吞下草莓，提高音量，對桑延說：「哥哥，媽媽問你煮了沒！」

桑延盯著桑稚看了好一陣子，一句話也沒說就直接走進廚房裡。見狀，桑稚爬了起來，走到廚房，倚在門邊探頭看：「他現在在煮。」

又跟黎萍說了幾句後，桑稚便掛了電話。她看著桑延的背影，突然想起把段嘉許認成他的事情。沉默半晌，她莫名冒出一句：「哥哥，你在大學有談過戀愛嗎？」

桑延沒理她。

「沒有嗎？一次都沒有嗎？」像是對這個事情很感興趣，桑稚連動畫片都不看了，「我說真的，哥哥。」

桑延回頭，語氣不太好：「幹什麼？」

桑稚認真地說：「你要不要去整型？」

「……」

桑延一口氣哽在喉頭。他不想再看到她，背過身，冷笑道：「上次跟我一起回來的那個哥哥，妳還記得嗎？」

桑稚咬草莓的動作一頓，她垂下眼簾，慢吞吞地說：「記得。」

「他說妳跟我長得像。」

「……」桑稚沉默幾秒，突然冒出一句，「我惹到他了嗎？」

「什麼？」

桑稚抿抿唇，不悅地說：「沒有的話，他為什麼要罵我醜？」

「……」桑延忍住，猛地關掉水龍頭，轉身把手上殘留的水潑到桑稚臉上，「我給妳兩個選項。回去繼續看妳的白痴動畫片，或者是留在這裡被我打一頓。」

「你幹嘛生氣？」桑稚抹掉臉上的水，皺眉，「被罵的是我，又不是你。」

桑延把內鍋放進電鍋裡，眼也不抬：「門在那裡。」

桑稚沒動，很嚴肅地說：「反正你不要跟別人說我跟你長得很像。」

他撇頭嗤笑：「誰稀罕。」

說完，桑延用力掐掐她的臉，把她手裡那碗草莓搶到手裡，走出廚房。

桑稚下意識揉揉臉，這才注意到手裡空了，她的眼睛一下子瞪大，不敢相信地問：「你怎麼搶我東西？」

「這怎麼就是妳的？」桑延拿起一顆，咬了一口，「妳花錢買的？」

桑稚伸手去搶：「我從冰箱裡拿出來的。」

桑延輕鬆地把手舉高：「那也是冰箱的。」

她費勁地踮起腳，一蹦一跳的：「但我拿出來了就是我的。」

「照妳這個道理，現在我拿到，就是我的了。」

「……」

兩人僵持了一會兒，桑延正打算吃掉第五個草莓時，口袋裡的手機響了起來。他瞪了桑稚一眼，不動聲色地把拿著草莓的手降低了一些，空出另一隻手去翻手機。

趁著這個空隙，桑稚連忙跳起來把碗搶了回來。

桑延低哼一聲，接起電話：「幹嘛？」

那邊不知道說了一句什麼。

「我回家了啊，宿舍不是查到違規電器停電一天嗎？回家避難。」說到這裡，他停頓了一下，意味深長地說：「對啊，我還滿後悔的。」

桑稚回到電視前看動畫，不想理他。

桑延閒閒地道：「沒事，就是倒楣而已。」

拿著遙控器，桑稚調高電視的音量。

桑延完全不受影響，懶洋洋地跟電話那頭的人說話：「錢飛也回家了吧。你問問段嘉許，他不回去。不過他不一定在學校。」

聽到那許久沒聽到的名字，桑稚下意識地看過去。她用手指摳了摳遙控器，很擔心會被發現蛛絲馬跡，又飛快地低下頭，沉默地把音量調小了些。

有一種很怪異的緊張感浮上心頭，她覺得胸口有點悶，腦袋裡有點空白，也覺得呼吸變得有點急促。她的注意力不受控地放在桑延身上。

「你都忘記帶鑰匙幾次了？」桑延落井下石道：「阿姨一定不會給你，不過你想去討罵也可以。」

之後他也沒再提及段嘉許。

想著剛剛桑延的話，桑稚突然有種不好的聯想。

——端午沒回家，不一定在學校。

如果是這樣的話，那他大概是有女朋友了。

不過這個年紀也該有了吧。

去見個老師都能弄得像聯誼一樣，他肯定有女朋友。反正也不關她的事，他有就有，也不是多了不起的一件事。

越想，桑稚越覺得心裡悶得發慌，突然把手裡的塑膠碗扔到桌上，發出啪的一聲。

坐在椅子上的桑延恰好掛了電話。注意到她莫名其妙地發火，他若有所思地看著她，問道：「看個動畫片都能那麼憤慨？」

桑稚把電視關掉。

桑延嘆息道：「喜羊羊又被灰太狼抓走了嗎？」
桑稚終於反駁：「我看的不是那個。」
桑延也不感興趣，把最後一口水灌下，提醒道：「如果妳還要看，電視給我調小聲點，我要去睡個覺。」
「哥哥，」桑稚忽地喊他，遲疑地冒出一句，「你們宿舍是不是就只有你沒有女朋友？」
「……」桑延盯著她看了兩秒，突然笑了，「小鬼，妳最近怎麼這麼關心我的事？」
桑稚有些心虛了：「問問不行嗎？」
「爸媽叫妳問的？」
「我關心你啊。」桑稚嘀咕道，「我聽媽媽說，最近陳奶奶想幫她小女兒相親。你沒有的話，不就剛好可以去一趟？」
「……」桑延頓了一下，「陳奶奶的小女兒？」
「對啊。」
「那個不是已經四十了？」
桑稚眨眨眼：「四十又怎麼了，你的條件也不能那麼挑吧？」
「……」
桑延想罵髒話，又怕這小鬼學起來以後用來對付他。
「不勞妳費心。」桑延惱火地走過去，用空瓶子敲了敲她的腦袋，「妳知道我室友為什麼都沒對象嗎？」

桑稚沒吭聲。

「因為他們都在排隊『把』我。」桑延說，「我是為了避難才回家的，懂嗎？」

桑稚看著他，這次沒跟他爭，默默地點頭。她看著桑延不爽地把瓶子扔進垃圾桶裡，起身往房間的方向走，很快又回頭補充道：「因為老子是直的。」

桑稚又點點頭。

但其實其他的話她都沒再聽進去，只清晰地聽到了在那之前的四個字。

——都沒對象。

晚飯時間，桑延吃著飯，突然提起：「對了，爸，我考完試要搬宿舍，搬回主校區，你到時候車子可以借我一下嗎？」

桑榮點頭：「東西多嗎？要不要找搬家公司？」

桑延：「不用，我就是懶得擠校車。」

黎萍問：「主校區？那不是就在只只學校附近嗎？」

桑延嗯了一聲。

桑榮：「那你有空的時候還能去接你妹放學。」

「……」桑延嘴角抽了一下，「我上大學還得帶孩子？」

桑稚也不情願：「我不用他接。」

「最好是。」桑延嗤笑一聲，又看向桑榮，說，「應該是下個月月初，你把那輛豐田借給我，比較大一點。我順便把我一個室友的東西也一起弄過去。」

桑榮：「別欺負你妹就什麼都行。」

桑稚跟著說：「別欺負我就什麼都行。」

「……」桑延忍了忍，「知道了。」

想起他嘴裡的「室友」兩個字，桑稚心裡有些期待，猶豫地問：「哥哥，你要幫你哪個室友一起搬東西？」

桑延眼皮也沒動一下：「妳問這個幹嘛？」

桑稚面不改色地說：「我想幫你一起搬。」

「……」桑延吃飯的動作停住，以為自己聽錯了，他開始懷疑自我，「妳要幫我搬宿舍？」

桑稚：「對啊。」

桑延不知道她在打什麼主意，提醒道：「妳要上課。」

「不是有週末嗎？而且，我四點二十就放學了。」桑稚說，「我放學之後過去幫你也行啊，反正你應該也沒那麼早。」

桑延：「就是那麼巧，四點二十之前我會一定搬完。」

桑稚轉頭看他一眼，抿抿唇，不說話了。

桑榮突然開口：「你妹想幫你不是很好嗎？又不是什麼壞事，也不影響你。」

桑延無奈：「不是，東西都重得要死，她怎麼搬啊？我還得小心她撞到或跌倒，我都忙著收拾東西了，哪有精力去管她。」

桑榮：「那你就讓你妹看著你收東西。」

桑延：「……」

他吐了口氣，看向桑稚，緩緩道：「好，隨便妳。」

得到了肯定的回答，桑稚立刻高興起來，圓眼彎成月牙，笑咪咪地說：「好，我到時候會好好看著哥哥收拾的。」

「……」

其實就連桑稚自己也不太理解為什麼這樣做，她不知道自己為什麼要去試探段嘉許是不是有女朋友的事情，也不知道她為什麼要提出去幫桑延搬宿舍。

很多跡象都表明一件事情，可桑稚就是不太願意承認。

她是單純地在想念一個人，抑或是在情竇初開的年齡，不受控制地從內心深處滋生了一種從未感受過，卻又格外強烈的情緒。

她想讓這樣的情緒釋放，卻也只敢偷偷摸摸地壓在心底。

藏在沒有人知道的地方。

◇

桑延搬宿舍的那天是週三。放學鐘聲一響，桑稚立刻揹上書包往外跑，連招呼也沒打，惹得殷真如一頭霧水。

也許是因為搬宿舍，沿途的人比平時多了不少。

桑稚知道南蕪大學的主校區在哪裡，回家時經常會路過。

而且因為旭日國中的面積太小，之前他們學校校慶都是在南蕪大學的操場上舉辦的。學校有什麼文藝表演也都是借南蕪大學的場地，所以旭日國中被人戲稱是「南蕪大學附屬國中」。

桑稚走到南蕪大學的門口停下，打了通電話給桑延。

桑延完全忘了她要過來幫忙的事情，接到電話時還愣了一下：『不是吧，妳真的要來？』

桑稚語氣無辜地說：「我都到門口了。」

『……』桑延說，『妳是不是在正門？』

「嗯。」

『我現在沒時間出去接妳。妳從正門進來右轉，然後一直直走，看到一個樓梯上來就是了。九棟五樓五二五號。』桑延補充了一句，『如果覺得不確定，妳就問問路，問男生宿舍九棟在哪裡。聽到沒？』

桑稚乖乖地說：「聽到了。」

桑稚掛了電話，順著桑延說的路線走。

南蕪大學有很多本地學生，今天也有不少人是讓家人過來幫忙的，所以一路上，桑稚看到很多看上去已經不是大學生的人，還有跟她一樣穿著國中校服的學生。

走了十幾分鐘，桑稚看到一座很寬的樓梯。下面空闊寬敞，停了好幾輛大巴士，還有一排汽車，留出一條三公尺寬的道路。她往周圍看了一圈，正想打通電話給桑延，突然注意到不遠處就停著桑榮的車。

桑稚放下手機，走了過去。

車上沒人，但後車廂卻開著，不知是忘了還是怎樣，裡面只有一堆書，還有一隻很醜的布偶。

她覺得自己要上去，乾脆把這兩個一起搬上去好了。桑稚遲疑地拿起那個布偶，想放到那堆書的最頂端然後一起抱起來，比較方便拿。

她的動作還沒做完，手還沒鬆開，身後突然有一片陰影籠罩下來，像是有人站到她後面，擋住了她的光。

桑稚下意識地回頭，映入眼中的是一件純黑色的短袖。視線往上挪，掠過男人的喉結、下頷、嘴唇，而後與他似笑非笑的眼眸對上。

段嘉許垂下眼睫，目光在她手裡的布偶上定格了幾秒。然後他忽然彎下腰，與她平視。他揚起唇角，氣息悠長地笑了聲：「哪裡跑來的小偷？」

距離有點近，桑稚的表情僵硬起來，一時之間也不知道該說什麼。隨後，段嘉許指了指她的手，眉眼一挑：「怎麼只偷哥哥的東西？」

頓了幾秒，他慢條斯理地問：「盯上我了？」

第二章　先讓哥哥盛一碗

耳邊有風聲，吹來了若有似無的青檸味，摻雜著淺淡的菸草氣息。陽光落在他身上，暈染出金色的輪廓，為他平添了幾分柔和之感。

兩個月沒見，段嘉許的頭髮剪短了一點。不知是不是桑稚的錯覺，他好像又長高了，但其餘的似乎都沒有什麼變化。

他仍是那麼恣意放縱又耀眼奪目。

桑稚的心臟重重地一跳，她竟然也因為這句話有了被戳中心思的心虛感。彷彿她是真的做了虧心事，不安到連手腳都不知道該往哪裡擺，背脊不由自主地挺直。半晌，她把手上的布偶塞進他手裡，低聲說：「我不知道是你的。」

桑稚低著頭，有些侷促地往外挪了一步。沒聽到他回應，她便指了指後車廂裡的書正經地解釋：「我是來幫我哥哥搬宿舍的，看到車裡有東西就想幫他一起搬上去。」

又等幾秒，他還是不說話，桑稚遲疑了一下，又補充了一句：「如果知道那個娃娃是你的，我就不會幫忙拿了。」

「……」段嘉許的眉眼動了動，他直起身來，很疑惑地重複了一遍，「知道是我的就會不幫忙拿了？」

桑稚立刻點頭：「絕對不拿。」

「還絕對不拿？」段嘉許的聲音懶散，語氣略帶指責，「小孩，妳有沒有良心？」

「……」

她拿了說她是小偷，不拿又說她沒良心，這男人簡直比天還善變。

段嘉許又道：「哥哥幫妳的大忙不記得了？」

此話一出，桑稚心中的不滿一下子就散了大半，她囁嚅著：「記得。」

「那也不對哥哥好一點？」

桑稚瞥他一眼，不吭聲了。

段嘉許輕笑了一聲，也沒再逗她，把那個布偶遞給她：「喜歡就拿著玩。」

桑稚的右手動了動。忽然間又想起他剛剛口裡的那句「盯上我了」，她倏地把手收了回去，沒那個膽子拿。

「不要？」段嘉許把手收回來，「那我扔了？」

桑稚頓了頓，這才接了過來。

段嘉許覺得好笑：「要就拿，妳這小孩怎麼這麼彆扭。」

聞言，桑稚有些不滿：「你剛剛說我是小偷。」

「哥哥跟妳開個玩笑。」段嘉許把車裡的那疊書搬出來，空出另一隻手把後車廂關上，「走吧，上樓。」

桑稚跟著他，沒說話。

段嘉許看了一眼手機，問：「不高興了？」

桑稚依然保持沉默。

段嘉許：「送妳娃娃補償妳，可以嗎？」

桑稚很直白地說：「這個娃娃很醜。」

「醜嗎？」段嘉許的眉毛上挑，側頭看了眼，「還可以吧。」

「你為什麼買這個？」

「不是買的。」段嘉許想了想，不太在意地說，「忘了哪裡來的了。」

桑稚忽地明白了些什麼，問道：「哥哥，這是別人送你的嗎？」

段嘉許：「嗯？好像是吧。」

桑稚沒興趣了：「那我還給你吧。」

「不喜歡？」段嘉許朝她伸手，「那拿過來吧，哥哥來拿。」

桑稚沉默地還回去。

段嘉許問：「書包重不重？」

桑稚：「還好。」

段嘉許又問：「等一下要爬五樓，可以爬嗎？」

「當然可以。我是十三歲，又不是三歲。」桑稚皺眉，很不高興他像照顧嬰兒一樣照顧她，「而且我爬不了的話，難道你要揹我上去嗎？」

段嘉許上下看她一眼，扯了扯唇角：「也不是不行。」

桑稚：「你想得美。」

段嘉許頓了一下，突然笑出聲：「我想得美？」

桑稚抿抿唇：「本來就是。」

「對。」段嘉許妥協地承認，「我想得美。」

那個布偶被他放在書上，體積不算小，形狀又有些扭曲，看上去格外顯眼。桑稚多看了幾眼，很快就垂下眼簾，收回視線。

樓梯頗寬，但上上下下的人也多。怕她被擠到，段嘉許走在前面，讓她跟在自己的後頭。

兩人安安靜靜地走上五樓。

桑稚的體力不好，此時她氣喘吁吁的，臉蛋有些紅了，額間也冒了汗。爬上最後一個階梯，她扶著牆，蹲在地上，一副賴著不走的模樣說：「不行，我得休息一下。」

段嘉許看了她兩秒：「好，我一小時後來接妳。」

「……」桑稚立刻抓住他的右腿，耍賴似的說：「我休息一下，哪需要一個小時。」

段嘉許調侃道：「小孩，妳的體力太差了。」

桑稚反駁：「明明是你們學校小氣，連個電梯都沒有。」

「總共才六樓，怎麼會有電梯。」

桑稚嘀咕道：「那你也太倒楣了，總共才六樓就住五樓。」

「好了，起來了。」段嘉許看上去像是有點趕時間，又看了看手機，說，「等一下腿蹲麻了。」

這次桑稚聽話地站起來，兩人順著走廊進去。桑稚跟在他的右後方，好奇地往四處看，很快就走到五二五的門口。

門沒關，段嘉許直接推開門，把書放到離門口最近的那張桌子上。桑稚慢吞吞地走進去，扭頭一看，對上桑延的視線。

桑延跟段嘉許睡在對面床。此時他正坐在椅子上，長腿抬起搭在桌上，閒閒地喝著水：「好兄弟，辛苦了。」

他這個姿態格外欠揍，桑稚不滿地道：「你還說你沒空下來接我。」

桑延面不改色地說：「是啊，剛收拾完。我才剛坐下來休息。」

聽到有別的聲音，一個胖胖的男生從床上冒出頭來：「咦，這是桑延的妹妹？」

桑稚點頭：「你好。」

另一個男生從陽臺出來：「我靠，小妹妹滿可愛的啊。」桑延擰上瓶蓋，把手裡的水瓶扔過去：「別說髒話。」

男生敏捷地接過瓶子，扔了回去：「還說呢，你自己平時說得……」話還沒說完，他突然反應過來，笑嘻嘻道：「喔，我就習慣了。小妹妹別學啊。」

桑稚默默點頭。她的目光挪到段嘉許的身上，很快又垂下。

段嘉許收拾桌上的東西，然後把自己的椅子拉到桑延旁邊。他的嘴角彎起小小的弧度，學另一個男生那樣喊她，語氣吊兒郎當的：「小妹妹，坐這裡。」

桑稚低低地喔了聲。

然後，段嘉許走到廁所裡。

狹小的宿舍裡一下子喧鬧起來。桑稚大致理解了，那個胖胖的男生叫錢飛，剛剛說髒話的則叫陳駿文。他們都很好相處，話也多。

桑延跟他們的關係似乎都不錯，他邊玩手機邊跟他們聊天，偶爾接上幾句。

三個人聊著聊著，突然敲定晚餐要去校外吃燒烤，也帶桑稚一起去。

沒多久，段嘉許從廁所裡出來。他換了件上衣，回到位置上，沒參與他們的聊天，拉開抽屜把錢包翻出來。

陳駿文看向他，嬉皮笑臉地說：「老許，剛搬過來的，等一下一起去吃火鍋啊？」

「今晚？」段嘉許搖頭，「你們去吧，我有點事。」

桑稚立刻看向他。

錢飛說：「你要幹嘛？難道有女朋友了嗎？絕對不可以！我們這一寢是一體的！你要是想找女朋友，必須先幫我找！」

陳駿文跟他爭：「不行，先幫我找。」

錢飛：「我沒什麼條件，脾氣不要太差就行。」

陳駿文：「是個女的就行。」

錢飛：「男的也行。」

「……」

桑稚盯著他們，突然冒出一句：「你們不是在追我哥哥嗎？」

桑延：「……」

陳駿文驚恐地看過去：「小妹妹，飯不可以亂吃，話也不能亂說啊！」

錢飛從床上坐了起來，若有所思地看著桑延，摸摸下巴說：「這麼一看，桑延看起來確實還滿眉清目秀的。」

桑延的額角抽了抽：「你們給我滾。」

段嘉許在一旁無聲地笑，揹上純黑的背包便往外走：「我先走了，你們聊。」走到一半，他突然想起什麼，停下來揉揉桑稚的腦袋：「那個娃娃，要的話就自己拿。」

說完他便走出宿舍。

陳駿文嘆了一聲：「那我們也出門吧。」

錢飛：「好，我也餓了。」

桑延看向桑稚：「小鬼，妳想不想吃火鍋？」

桑稚沉默了幾秒，搖頭：「我想回家。」

「那吃別的？」桑延擰眉，「吃完我送妳回去。」

桑稚又搖了搖頭。

桑延沒耐性，起身說：「妳自己考慮，我去個廁所。」

桑稚也默默地站起來，把段嘉許的椅子搬回他的位置。然後她又注意到他桌上的那個布偶，猶豫地拿了起來，心情有點悶。

錢飛穿上鞋子，恰好看到桑稚的舉動，下意識地說：「這玩意兒段嘉許竟然還沒扔啊？這是不是『有毒』？」

聽到這句話，陳駿文也看了一眼：「他好像會放在床上當擺設用。」

錢飛：「睡覺的時候旁邊放這個東西，不覺得嚇人嗎？」

桑稚捏著布偶的力道重了些，她鼓足勇氣，故作好奇地問：「這個是嘉許哥哥的女朋友送的嗎？」

陳駿文立刻道：「什麼女朋友，他哪有時間交女朋友。」

錢飛：「是啊，忙得跟狗似的。」

陳駿文：「為什麼我不忙也沒有女朋友？」

「還能為什麼？因為你醜。」錢飛看著桑稚手裡的娃娃，想了想，「這娃娃好像是段嘉許去參加什麼比賽送的獎品吧，我記得。」

陳駿文：「是啊，上學期去的。」

聞言，桑稚手上的力道鬆了點，她輕輕地吐出一口氣。

房間裡有兩個廁所。可能是因為桑稚在場，陳駿文和錢飛沒在房間裡換衣服，拿著衣服一起擠進另一間廁所。

桑稚盯著手裡那個布偶，默默拉開書包的拉鍊，想把它塞進去。但布偶體積太大，她只能把塞到一半的布偶拿出來，再把書包裡的東西全部拿出來，放到段嘉許的桌子上。騰出一半的空間後，她這次剛好能把娃娃塞進去。

桑稚彎著唇拉上拉鍊。

下一刻，桑延和另外兩個人同時從廁所裡出來，這次桑稚真的有做賊的感覺。她立刻背過身，故作平靜地走回桑延的位子。

桑延抽了張衛生紙擦手，問：「考慮好了沒？」

桑稚：「我回家吃。」

桑延點頭：「好，我送妳到車站。」

◇

晚上十點。

段嘉許回到宿舍時，陳駿文和錢飛正坐在電腦前打電動，嘴裡叫囂著打打殺殺的話。桑延躺在床上，聽到段嘉許回來的動靜，他睏倦地抬起頭：「喂，段嘉許。」

段嘉許把背包放在桌上：「幹嘛？」

「我妹剛剛打電話給我。」桑延把手機遞給他，「說你有東西掉在她那裡了，我問是什麼她也不說，你自己打過去問問。」

段嘉許打開衣櫃，沒找到衣服：「你打通了再給我。」

桑延睏得半死，打開螢幕找出桑稚的號碼撥了出去，再次把手機遞給段嘉許。段嘉許接過，把手機貼到耳邊，走到陽臺去收衣服。

那頭接了起來，喊了聲：『哥哥？』

段嘉許懶懶地道：「小孩，我有什麼東西掉在妳那裡了？」

『……』桑稚安靜下來，很快便心虛地說：『哥哥，不是你掉東西在我這裡，是我掉東西在你那裡。』

「什麼東西？」

桑稚老實地說：『作業。』

段嘉許不甚在意地嗯了聲：「我叫妳哥明早送過去給妳？」

『但我沒寫……』

「……」段嘉許收衣服的動作停住，沉默幾秒後突然明白到她找他的意圖，「妳想叫我幫妳寫？」

似乎也覺得自己這要求很無理取鬧，桑稚結結巴巴地解釋：『我本來也可以自己寫的，但、但是有篇五百字的週記要寫，我明天早上去學校補不完。』

段嘉許的笑容帶點無奈：「妳怎麼不找妳哥？」

桑稚：『他不會幫我寫的。』

段嘉許：「那我就會幫妳寫了？」

話一說完，兩邊都沉默下來。

過了半晌，桑稚的聲音多了些哭腔，她悶悶地說：『你就幫我寫一下嘛……那個老師好凶的，我以前別的作業都敢不寫，就國文作業不敢……』

「……」

「妳怎麼還哭了？」段嘉許無奈到笑出來，「小孩，這樣吧，妳明天早點起來，去學校寫。我也早點幫妳送過去，好嗎？」

她抽抽噎噎地哭起來：『不好。』

段嘉許問：「為什麼不好？」

『我、我起不來……嗚嗚嗚……』

「……」

不知道是真的覺得慌，還是被他疏遠又不近人情的語氣嚇到，把這句話說完之後，桑稚便不再開口，只發出斷斷續續的嗚咽聲。而宿舍內，坐在電腦前的錢飛突然重重地敲了一下鍵盤，大吼一聲：「靠，這隊友是白痴吧！」

下一刻，桑延扔了個枕頭過去：「再不安靜我把你打成白痴。」

「桑延！人命關天的時候啊！」錢飛的嗓子像裝了喇叭似的，「你別睡了，一起來──」

兩頭轟炸。

段嘉許輕輕抿著唇，轉頭把陽臺的門關上。他靠在欄杆上，看著樓下發亮的路燈。收起情緒並放緩語調：「小孩，妳平常幾點到校？」

桑稚哽咽著，老老實實地回答：『七點四十。』

「七點起床？」

『嗯。』

「明天六點起來可以嗎？」

這次桑稚沒吭聲。

段嘉許也不在意，斟酌著言語，試圖跟她講道理：「小孩，這作業是老師給妳的任務，是妳自己的事情。妳沒帶回家，可以跟老師坦白，跟老師道歉，說妳之後會補上，但妳不能叫別人幫妳寫。」

電話那邊傳來小女生吸鼻子的聲音，之後她悶悶地嗯了一聲。段嘉許稍稍鬆了口氣：「所以明天六點起得來嗎？」

桑稚沉默了好幾秒，才很沒自信地冒出了一句：『起得來……』

「那明天……」段嘉許在心裡算了算時間，「明天六點四十，哥哥在車站等妳，陪妳一起寫完作業好嗎？」

桑稚又嗯了聲。

段嘉許：「別哭了，自己先想想那個週記要怎麼寫，然後洗把臉睡覺。」

桑稚的聲音還帶著鼻音，奶聲奶氣的：『好。』很快，她又小聲請求：『哥哥，這件事你能不能不要告訴我哥？』

段嘉許笑了：「作業掉了也不敢告訴妳哥？」

『不是。』桑稚也不知道怎麼解釋，勉強擠出一句，『反正你不要告訴他。』

「好。」段嘉許也不知道自己哪來的那麼多耐心，提醒她：「明天六點記得起床，到時候我會打電話給妳。」

桑稚乖乖地說：『知道了。』

段嘉許：「去睡吧。」

聽到那頭掛斷電話的聲音，段嘉許放下手機，找到最近通話，掃了一眼桑稚的號碼後再返回主介面。他把乾了的衣服都收起來，回到房間。

狹小的室內更加喧鬧了。桑延已經從床上下來，此時正站在錢飛旁邊看他打電動，時不時冒出句「垃圾操作」，看上去漫不經心又欠打。

段嘉許把手機遞還給他。桑延接過，懶懶地問：「什麼東西掉在她那裡？」

「小東西而已，就放你妹那裡吧。」

桑延點點頭，沒再問。

段嘉許走進廁所裡洗澡，出來時已經到了熄燈時間。他用毛巾搓著頭髮，走到書桌旁把檯燈打開，掃了桌面一圈，沒看到桑稚所說的週記簿。他側頭，注意到自己的背包，便把背包提了起來。背包下果然壓著幾本練習本和淡藍色的週記本。

段嘉許扯扯唇角，把這些作業推到一旁，拿了本課本擋住。然後他打開電腦，打開桌面上的一個檔案，繼續準備過兩天上臺的報告。

室友玩鬧的聲音漸漸變小，直至安靜。夜色漸深，寢室內，其他人的燈和手機的光也陸陸續續熄滅。宿舍內只剩一盞燈亮著光，電腦右下方的時間恰好定格在半夜兩點。

段嘉許關掉電腦，整理了一下桌面上的東西。忽然間，他注意到桑稚那個露出半個角的週記本。他抬起眼，把掛在脖子上的毛巾扯下，順手把那本簿子抽出來。

他隨手翻開一頁，恰好翻到最新的一篇。

段嘉許稍稍提起了一絲興致。他完全沒有要尊重小朋友隱私的自覺，百無聊賴地看了下去。

標題是《一隻流浪狗》。

2009年6月24日，週三，陰。

今天的天氣不太好，天空灰濛濛的，看上去就像是要下雨。我沒帶傘，下了車就急著回家，一路狂奔回社區。路過一片草叢時，我突然看到一隻純黑色的流浪狗。

看到這一幕，我停下腳步，心情頓時變得像這天氣一樣差。注意到那隻狗的臉後，我忽然就覺得更傷心了，忍不住過去跟牠說話。

看到牠，我就想起我哥哥。因為牠長得跟我哥哥像是同一個模子刻出來的，就像是我哥哥的兒子一樣……

段嘉許：「……」

目光頓了半晌，他忽地笑了起來。在安靜的室內，他沒有發出什麼聲響，只隱隱帶出幾聲笑出來的氣息聲。

段嘉許笑了半天才闔上本子，走到廁所去洗漱。

出來時，他又注意到桌上的週記本。段嘉許垂眸思考了一下，想起桑稚說的那句「我起不來」，頓了幾秒還是坐到位子上，拿出一本新本子，撕了張紙下來。

◇

第二天一早，聽著鬧鐘一連響了好幾次，桑稚的腦海裡浮現了幾十次放鴿子的想法，最後還是安分地坐了起來。她很不高興地把被子踹開，下床去洗漱。

黎萍已經起來煮粥了。從廚房出來時，注意到一臉睏意的桑稚正坐在餐桌前，她一愣：「只只？妳今天怎麼這麼早起？」

桑稚揉著眼睛：「我作業忘在學校了，早點去補寫。」

這種事從來沒發生過，黎萍也沒念她，只是說：「那我讓妳爸送妳去學校？妳還能在車上多睡一會兒。」

「不用。」想起段嘉許說的在車站等，桑稚含糊地說：「我跟同學約好一起去了。」

黎萍也沒多問，進廚房幫她盛了碗粥。

吃完早餐，桑稚揹上書包，急匆匆地出了門。在車站等了幾分鐘，她搭上了最早的公車，找了個位子坐下。睏意已經隨著時間的流逝蕩然無存，被鋪天蓋地的緊張感取代，襲上心頭。離目的地越近，她越覺得不自在。

從家裡到學校的距離並不算遠，坐公車大約十分鐘的時間。聽到到站的廣播聲，桑稚跟著人流一起下車，心臟像是快要跳出喉嚨。她往四周看了一圈，沒看見人。

怕他是被站牌擋住，桑稚還認真地繞著公車站轉了一圈，還是沒看到人。

桑稚從口袋裡翻出手機，發現現在才六點半。不知道段嘉許的號碼，也不能打電話給他，她有些鬱悶，坐在公車站的椅子上。

過了兩分鐘，桑稚的手機振動了起來，來電顯示是個陌生號碼。她連忙接起來。

電話那頭果然是段嘉許。他的聲音順著電流傳來，顯得更加有磁性，低沉悅耳：『小孩，妳醒了沒？』

「醒了。」想了想，桑稚慢吞吞地問，「你是不是還沒醒？」

『嗯？』段嘉許輕笑著，『我還沒醒怎麼打電話給妳？』

「但我沒看到你。」

『可能是因為我還沒出門？』

這句話十分符合桑稚的猜測。她並不驚訝，只是不悅地踢了踢眼前的石子，繃著臉說：「哥哥，你要是遲到的話，你以後的女朋友就會長得跟如花一樣。」想了想，覺得震懾力不夠，她又補充了一句：「體形還會像變形金剛那樣。」

話音一落，有什麼溫熱的東西貼到桑稚的臉頰上。

桑稚嚇了一跳，下意識地回頭。

段嘉許靠在站牌邊，手裡拿了瓶玻璃瓶裝的牛奶。他今天穿了件紅色條紋襯衫，顏色偏淡，看起來張狂又桀驁。他盯著桑稚，淺棕色的瞳仁因為光線顯得深了不少，然後他站直身，好笑地道：「如花？」

「……」

「變形金剛？」

「……」

「我只能找到這樣的？」

「……」

「小孩，」段嘉許似笑非笑地說：「妳有沒有良心？」

沒想到他能立刻過來，當著他的面，桑稚對剛剛說的話有些心虛，低著頭不敢看他，也不敢吭聲。

過了兩秒。

「不過，」段嘉許的眼尾稍稍一揚，他把牛奶塞進她手裡，若有所思地說：「聽妳這樣一說，這個搭配——」

「……」

「好像還滿吸引人的。」

「……」

他的語氣寡淡，帶了點調笑的意味。桑稚聽不出他是開玩笑還是在陳述事實，所以她擺出一副了然的樣子，問他：「哥哥，你是不是沒看過這兩部電影？」

段嘉許的唇角微微一彎：「看過《變形金剛》。」

果然如此。

果然是因為無知，他才能說出那樣的話來。

知道一些他不知道的東西，桑稚有點小驕傲。她站起來解釋給他聽：「如花不是電影名，是一部香港電影裡的配角，叫作……」說到這裡，她停了下來，一時間想不起電影名稱：「叫、叫……」

半天都等不到她接下來的話，段嘉許盯著她絞盡腦汁的樣子，不由得笑出聲：「如花這個名字還滿好聽的。」

桑稚還在想名字，沒搭理他。

也不介意她的冷漠，段嘉許接著說：「應該是很漂亮的一個女生？」

這次桑稚不能當作沒聽見了，抬起頭，剛想反駁，下一刻就玩味般地捏捏她的臉，又接著說：「就像小桑稚這樣的？」

桑稚：「……」

桑稚不敢相信自己的耳朵，也不敢相信自己聽到的話。

他居然說她長得像如花。

晴天霹靂！

很快地，段嘉許從口袋裡拿出手機，看了眼時間。他往四周掃了一圈，指了指不遠處的一家便利商店：「去那裡寫？」

桑稚還僵在原地，沒有吭聲。

段嘉許回頭，拖著尾音說：「嗯？小如花怎麼不說話？」

「……」

還小如花！

晴天螺旋霹靂！

桑稚搞不懂他這是在誇她還是在諷刺她。她有些委屈，語氣也不太高興：「你不要這樣叫我，如花長得一點也不漂亮。」

「是嗎？」段嘉許挑眉，「聽起來還滿漂亮的啊。」

瞧見他的表情，桑稚忽地察覺到不對勁的地方，聯想到一開始他聽到「如花」兩個字時的反應，明顯跟現在這副裝傻的樣子完全不同。

桑稚瞬間明白了，他就是在逗著她玩。她面無表情地看了他幾秒，然後拉直唇角，默不吭聲地往便利店的方向走。

這小孩人小，但脾氣還不小。段嘉許笑了兩聲，慢條斯理地跟了上去。

便利商店裡面的空間不算小，除了販賣各種商品之外，還在收銀臺旁邊架了一個機器，賣香腸和泡麵等即食食品。在冰櫃前方有兩張空著的桌子。

桑稚坐到最裡面的位子。

段嘉許坐在她對面，從背包裡把她的作業拿出來：「寫吧。」

店裡很安靜，店員站在收銀臺後玩手機，沒弄出什麼聲音。泡麵和魚蛋的味道格外濃郁，氣味席捲整個室內。

段嘉許托著腮看她：「小孩，妳吃早餐沒？」

桑稚翻出筆，不太想理他，沉默地點頭。

段嘉許：「還想不想吃東西？」

桑稚搖頭。

「那哥哥去買份早餐？」

桑稚點頭。

段嘉許起身，往收銀臺的方向走。

桑稚在週記本上寫著日期，眼睛悄悄地往段嘉許的身上看。

此刻，他正站在商品架前。店裡燈光充足，顯得他的膚色很白，眼睛下方泛著青灰，看起來是長期熬夜導致的，但精神卻很好。他看東西時，那雙眼總會不經意地瞇起，專注又溫和，但笑容卻總是吊兒郎當的。

像個斯文敗類。

很快，段嘉許拿著一個三明治走回來。桑稚立刻低下眼，裝作在想開頭。

段嘉許從背包中拿出一瓶水以及一本課本，然後他撕開包裝，懶洋洋地咬了一口三明治。他吃相很好，沒有發出什麼聲音，但吃東西的速度卻不慢，他很快便把那個巴掌大的三明治解決了。

桑稚慢吞吞地動筆，心思卻完全無法全部放在作業上面，總是不由自主地往他身上飄。

她想起之前桑延的話。他們是考完試之後才搬宿舍，那現在應該已經放假了吧？聽爸媽說，桑延是因為暑假還有課才沒回家，所以這個是統一的嗎？

察覺到桑稚的走神，段嘉許用指節輕敲了一下桌面：「寫作業。」

桑稚回過神，又點了點頭。

桌子是圓形的，空間不算大，兩人的課本交疊在一起。段嘉許抬眼一瞥，乾脆闔上課本，身子往後靠，把位置全部讓給她。

過了半晌，段嘉許看到桌上還沒打開的牛奶，出聲問：「牛奶不喝？」

聞言，桑稚抬眸看了眼牛奶，又往段嘉許的方向看了一眼，然後默默地把那瓶牛奶塞進自己的書包裡。

看著她的舉動，段嘉許好笑地說：「怎麼搞得好像我要搶妳的一樣。」

桑稚不吭聲。

段嘉許半開玩笑地說：「不喝給哥哥喝？」

桑稚扭頭，警惕地把書包拉鍊拉上。

「妳這小孩脾氣怎麼這麼大。」段嘉許的坐姿懶散，臉上帶著似有若無的輕佻，「哥哥不就跟妳開個玩笑，妳就都不跟我說話了？」

這次桑稚連眼皮也沒動一下。

段嘉許也不太在意，只是輕輕道了聲：「小沒良心的。」

桑稚忍不住了，生硬地說：「我要寫作業。」

段嘉許掃了眼她的週記本，發現她已經寫一大半了。他悠悠地說：「好，妳寫。」

一旦說出第一句話，之後的話就變得容易說出口了。桑稚沒再像剛剛那樣單方面地跟他冷戰，眼見作業快寫完了，便裝作隨意地問：「哥哥，你還沒放假嗎？」

「還沒耶。」

「喔，那你家住這邊嗎？」

「不是。」

桑稚想了想，猜測道：「那你是不是課程結束，就要回家過暑假了？」

「不是，妳怎麼還好奇起我的事情了？」段嘉許點了點她的作業，淡淡地說：「快點寫完，寫完去上學。」

「喔。」

七點過十五分鐘，桑稚把週記完成。她收拾好東西，揹上書包，跟段嘉許一起走出便利商店。見時間還早，段嘉許乾脆送她到學校門口。

莫名其妙地有點不想走，桑稚做什麼都慢吞吞的。她溫吞地跟他道了聲「再見」，然後才緩緩轉身往學校裡走。

像是想起了什麼，段嘉許突然叫住她，從口袋裡拿了折起來的紙遞給她：「對了。小孩，我忘了告訴妳。」

桑稚默默地接過：「啊？」

「哥哥偷看了妳的週記。」他的語氣應該要帶點歉意，可桑稚卻找不到半分。然後，段嘉許指了指她手裡的那個小紙團，拉長語尾地說：「所以哥哥寫了一篇新的，補償妳。」

時間尚早，教室中的座位大半都是空的。

桑稚走到自己的位子坐下，把書包裡的東西都翻出來。直到整個書包都空了她才停下動作，往口袋裡摸索著，拿出段嘉許剛剛給她的那個小紙團。

她拆開，攤平。

果然是一篇週記，他似乎還模仿了她的字跡，小巧、娟秀、一筆一畫。

題目是《幫哥哥搬宿舍》。內容他寫得正經又認真，把一天的事情像記流水帳一樣寫下來。她翻過來，背面被他用大字補了一句：用不到了。

桑稚想像不到那個畫面。

可能那個時候天色已晚，周圍的燈光都暗下來了。他坐在書桌前，難得遇到了難題，頭痛地擠出了這一篇東西。

也許是這樣的畫面——讓她的呼吸和心跳都開始加快的畫面。

然後，她從空氣裡嘗到糖的味道。

桑稚的思緒有些空白，她又仔細地看了一遍，嘴角情不自禁地翹起，然後把紙折起來，小心翼翼地塞進自己的塗鴉本裡。

恰好在這個時候殷真如也來了。她從後門走進來，跟桑稚打了個招呼。走了幾步，她扭頭問：「咦，妳今天怎麼這麼開心？」

聽到這句話，桑稚愣了一下，勉強收斂起臉上不受控的笑容：「沒，想起了一個笑話。」

殷真如也沒多問。她視線一轉，注意到桑稚桌上的牛奶，納悶地問：「妳不是對牛奶過敏嗎？怎麼買牛奶了？」

桑稚沉默幾秒，把牛奶放進抽屜裡：「我不小心拿錯了。」

回家之後，桑稚把那瓶牛奶放進冰箱裡，卻又怕被黎萍看到。她猶豫著，最後還是藏到自己裝寶物的盒子裡，想起來的時候就翻出來看。

時間一天天過去。

儘管就近在咫尺，桑稚走出學校之後只要走五分鐘就能到那個人所在的地方，甚至，她也可以裝作是去找桑延，然後去見那個心裡所想的人，可她就是沒有那個膽子。

她總覺得做什麼都不對勁，擔心她是不是根本就藏不住那只有自己在意著的小心思。

半個月的時間就這麼度過。

放暑假的第一天，桑稚拿出那瓶牛奶時恰好被黎萍看到了。以為桑稚是想喝牛奶，黎萍委婉地跟她說了很多。說完之後，她還是擔心桑稚會喝掉，想要沒收。

桑稚只能把裡面的牛奶倒出來，然後把瓶子洗乾淨，晾乾。她偶爾會在裡頭裝自己折好的星星，一顆又一顆，一天又一天。

後來，她又把段嘉許寫的那篇週記也放了進去。

小小的芽漸漸生出雛形，長成一棵參天大樹。

她開始有了一個很小的期盼，每天都在盼望的期盼。

她希望日子能過得再快一些。

她希望自己能快一點長大。

◇

八月上旬，桑榮和黎萍去另一個城市參加朋友的婚禮，家裡就只剩桑延和桑稚兩個人。出發前，黎萍跟桑延囑咐了一大堆的話，叫他好好照顧妹妹，再加上桑榮的幾句威脅，桑延只能煩躁地答應下來。

兩人生活的第一天還算和諧。

除了吃飯時桑延會臭著一張臉，在桑稚的諸多要求下弄飯給她吃，其餘時間桑延大多都是躺在床上玩手機，偶爾桑稚會過來煩他，他也只是敷衍地應付過去。

一天就這麼過去。

但第二天，有朋友約他出去。桑延不想拒絕，迅速換了身衣服便走出房間。

此時桑稚正坐在客廳沙發上看動畫。聽到動靜，她看了過來，臉上沒帶什麼表情，安安靜靜的。
桑延走到玄關處穿鞋：「我出去一趟，妳在家好好寫作業。」
桑稚懂了：「你要出去玩？」
桑延答非所問：「有事就打電話給我。」
桑稚：「不行。」
桑延停下動作，似笑非笑地道：「妳管得到我嗎？」
桑稚重新看向電視，拿起桌子上的洋芋片拆開：「如果等一下有小偷來了，我要怎麼辦？我可打不過。」
「妳把門關好，不會有人闖進來。」
「那我要是肚子餓了呢？我沒東西吃。」
桑延不耐煩了，盯著她手裡那包洋芋片：「櫃子裡有多少零食，還不夠妳吃？」
桑稚咬著洋芋片：「我不想吃零食。」
盯著她手裡的洋芋片，頓了幾秒，桑延不想跟她這麼僵持下去，只能退讓道：「那妳想吃什麼？」
桑稚：「反正不想吃零食。」
桑延忍著火氣脫了鞋子：「妳想吃什麼？我出去買給妳吃。」
桑稚瞥他一眼，理所當然地說：「我還沒想到啊。」
「……」
「小鬼。」桑延蹲下來，用力掐住她的臉，「我在妳這個年紀時，爸媽不在家，我不僅要弄東西給自己吃，還要弄妳的。」

桑稚的臉被他掐到變形，說話含糊不清：「這不一樣。」

「哪裡不一樣？」

「你在我這個年紀的時候沒有哥哥。」桑稚連眼睛都不眨一下，笑得像隻小狐狸，「可是我有哥哥。」

「……」朋友又打電話來催，桑延沒興致再跟她磨蹭，「現在妳只有兩個選擇，要嘛妳現在告訴我妳想吃什麼，我出去買回來給妳，要嘛妳自己在家等死。」

桑稚繼續咬洋芋片：「我選第二個。」

「……」

說完，桑稚從屁股下抽出手機，翻出桑榮的手機號碼。她盯著螢幕，自言自語道：「好，我要跟爸爸說……」

桑延懶得再理她，走回玄關：「隨便妳告狀。」

下一秒，身後傳來桑稚講電話的聲音：「爸爸。」

桑延套上第一隻鞋，還來不及套上第二隻鞋，就聽到桑稚用老實的語氣說：「哥哥叫我去死。」

桑延：「……」

桑延閉了閉眼，第二次把鞋子脫掉。他快步走到桑稚旁抽走她的手機，面無表情地垂下眼，想把電話掛掉。他點亮螢幕看，顯示的卻不是他意料中的通話畫面，而是手機主畫面。

上面根本沒有通話紀錄。

他瞬間反應過來，氣得胃隱隱發疼，反而笑了：「小鬼，妳要我啊？」

桑稚眨眨眼，無辜地說：「我也沒說我打了啊。」

桑延語氣冷冷的：「那妳剛剛在跟誰說話？」

桑稚往沙發的另一側挪了挪：「我演習一遍。」

「……」

「你剛剛本來就是要我等死，我又不是胡說。我現在……」桑稚突然想起手機被他拿走了，想去搶回來，「我演習完了，現在就打。」

桑延盯著她看了半晌，沒阻止，很順從地將手機給她：「好，妳打。」

這個發展跟桑稚想像中的不太一樣。她看他一眼，有些狐疑，又不想輸了氣勢，只能緩慢地點開通訊錄。

看著她的舉動，桑延淡淡地說：「打完換我打。」

「我又沒做壞事。」桑稚皺眉，「你要跟爸爸媽媽說我什麼？」

「沒要說妳。」桑延皮笑肉不笑地說，「我說的是打。」

「……」

「沒事，妳告狀吧。」桑延起身去關掉窗戶，順便把窗簾也拉上，「想說什麼都說，想怎麼說就怎麼說，說完輪到我。」

室內瞬間暗了不少，像是山雨欲來的感覺。桑稚的氣勢隨之少了大半，開始不安了：「你打我的話，爸爸回來會打死你的。」

「好啊。」桑延無所謂，「我等他回來打死我。」

「……」

桑延沒看她，往客廳四處看著，然後拿起放在電視上的雞毛撣子，在手裡比劃了兩下，緩緩地說：「小鬼，要哥哥過去還是妳自己過來？」

桑稚盯著他手裡的東西，沒回答。桑延似乎也不想等她的回應，自顧自地說：「那哥哥過去？」

察覺到處境顛倒了，桑稚突然叫他：「哥哥。」

桑延悠悠地應了聲：「好，哥哥親自過去。」

看著他一步兩步地走過來，桑稚沉默兩秒，很識時務地說：「我錯了。」

「……」

「對不起哥哥，我以後再也不會這樣了。」

「早這樣不就好了。」桑延向來吃軟，把雞毛撣子扔掉，「每天聽話點，別總是跟我作對，哥哥就天天帶好吃的給妳，知道嗎？」

桑稚不太服氣地喔了聲。

桑延：「那我出門了喔？」

桑稚側過頭看他，突然問：「哥哥，你要出去找誰玩？」

桑延第三次穿鞋，隨口道：「室友。」

桑稚：「喔。」

「沒別的事了吧？自己在家好好寫作業。」桑延說，「別進廚房，別自己煮東西。家裡有那麼多吃的，餓了自己看著辦，想去外面買吃的也行，有事打電話給我。」

「……」

「還有！」桑延抓抓臉頰，補充道，「別隨便幫人開門。」

桑稚點頭。

過了一會兒，桑延出了門。

玄關處響起關門的清脆響聲，接著歸於一片安靜。電視上的動畫已經結束，播起片尾曲。桑稚覺得有些無聊，把洋芋片丟到桌上，關掉電視，到廁所去洗了個手。

想起桑延口中的「室友」兩個字，桑稚的心尖像是被抓了一下。她感覺機會就近在咫尺，一握就能抓到，衝動瞬間湧起，又在下一刻被壓了下去。

桑稚回到房間。

殷真如恰好打電話給她：『桑稚！』

桑稚：「幹嘛？」

『下週傅正初生日耶。』殷真如說，『他們說要一起去唱卡拉OK，問妳要不要去。』

「下週幾？」

『週三。』

「喔。」桑稚說，「我到時候看看。」

『妳打算幫傅正初準備禮物嗎？』

「還要準備禮物嗎？」桑稚想了想，「那我沒空。」

『……』殷真如無奈地說：『也沒有說一定要。但不是人家生日嗎？就準備一下嘛，不然什麼都不帶就過去，感覺好尷尬。』

「我也覺得。」桑稚認真地說：「所以我不去了。」

『但我想應該也沒什麼人會準備！』殷真如不想一個人去，連忙說：『妳不用太在意這個，大不了我到時候說我準備的那份是我們一起買的。』

桑稚從書架裡抽了一本漫畫出來：「到時候再說吧，妳不是要去補習嗎？」

『啊！』被她這麼一提醒，殷真如的聲音一下子急了，『我忘了！我不跟妳說了，我要出門了！』

說完她就掛了電話。

桑稚趴在床上，又翻了翻通訊錄，看到被她備註成「段××」的號碼，猶豫地點開傳送簡訊的畫面。她的手指動了動，又停了下來。

如果要傳的話，要傳什麼內容？祝福節日快樂？但最近好像也只有一個剛過去的軍人節。要不然就……遲來的祝福，祝您軍人節快樂！

「……」

好像有點奇怪。

或者假裝傳錯人了？好像也有點刻意。

要不然還是打電話給桑延，說要過去找他？說不定就能碰上一面。

桑稚丟掉手機，邊看漫畫邊開始東想西想。良久後，她把漫畫扔掉，把自己藏進被窩裡，開始醞釀一下午覺的睡意。

所以為什麼要碰面？她跟他見面好像也沒什麼好的，總是被他耍著玩，而且年齡差那麼多，跟他說話也覺得有代溝，完全沒有共通話題，還不如在家裡睡個覺。

對，他算老幾。

在睡覺面前——他算老幾！

桑稚爬起來灌了幾口水，順帶澆熄自己所有的衝動。她躺回床上，盯著天花板，突然開始催眠自己：「這應該也不算是那個……」

「就是長得滿好看的。在路上看到長得好看點的人，誰都會多看幾眼吧？就算是一條長得可愛點的狗，大家都會想過去摸摸牠。」

空氣凝固片刻，桑稚吐了口氣，又繼續催眠：「可能真的有那個，但可能遇到長得更好看的人，我就會改成對別人有那個了吧。」

「比如現在，見不到面，我也不會特別想見他。」桑稚點點頭，為自己洗腦，「這就證明了，這樣的感情是非常虛偽的。」

說完這些話，她的心情稍稍放鬆了點。她重新躺回去繼續看漫畫，不知不覺就趴在書上睡著了。不知過了多久，放在床頭櫃上的手機響了起來。

一連響了好幾十秒桑稚才被吵醒。她睜開惺忪睡眼，茫然地盯著看了好幾秒，然後拿過手機，直接掛斷電話。

接著又是一番電話轟炸。

桑稚在床上發了好一會兒的呆。等鈴聲第三次響起的時候，她才遲鈍地接起了電話：「喂？」

那頭響起了桑延略顯不耐的聲音：『妳在幹嘛？都掛幾次了？』
「我在睡覺。」桑稚也不高興，「我掛掉一次你就不應該再打來了。」
桑延嗤了一聲：『我不打的話妳又要告狀了吧？快點起來，我晚飯要跟朋友在外面吃，妳要過來一起還是我打包回去給妳？』
還沒等桑稚回答，那頭突然響起另一個聲音：『噯，段嘉許好像在附近做家教，要不要叫他一起來？』
桑延：『隨便。』
『那我叫了啊。』
桑稚抿抿唇，收回即將說出口的話，低聲說：「我跟你一起吃。」
桑延：『確定？』
「嗯。」桑稚爬起來，找了個最合理的理由，「我肚子餓了，你打包回來都很晚了。」
『好，妳換個衣服。』桑延說，『我打給妳時妳再下來。』
掛了電話，桑稚走到衣櫃前，看著裡面的衣服，拿了條裙子換上。桑稚到廁所洗把臉，恰好桑延打電話來，她便迅速換上鞋子出了門。
不知是不是睡太多的緣故，醒來之後桑稚總覺得渾身都有些難受，尤其是腹部。她覺得有可能是要拉肚子，有點後悔剛剛沒去廁所一趟。
走出樓下大門，桑稚一眼就看到桑榮的車子。桑延坐在駕駛座上，旁邊坐著個男人，體形偏胖。桑稚走過去，上了後座。

副駕駛座上的男人回頭，跟她打了聲招呼：「小妹妹，還記得我嗎？」

他是桑延的室友，錢飛。

桑稚點點頭。

桑延回頭看了桑稚一眼：「安全帶繫上。」

看著桑稚把安全帶繫好之後，桑延才發動車子。

因為是跟桑延出門，桑稚什麼都沒帶，只帶了手機。她看看手機，然後看向窗外，問道：「我們現在去哪裡？」

錢飛：「去接另外一個哥哥。」

桑稚喔了聲，沒再說什麼。

桑延瞥了眼錢飛：「你打個電話問問他到哪裡了。」

「他說就在東廣場的公車站那裡——」說到這，錢飛指指不遠處，「噯，是不是那個？」

聞言，桑延順著錢飛指的方向看，然後把車開過去。

車子停下。透過窗戶，桑稚看到段嘉許往這邊走來，接著打開後座的門，坐到她的旁邊。她下意識垂下眼，別開視線。

錢飛在前頭嚷嚷：「你在當高中生的家教嗎？」

段嘉許懶懶地應了一聲，之後也沒再有別的動靜。

桑稚用餘光偷偷地觀察著他。

他似乎有點疲憊，上了車就靠在座椅上，眼睛半閉著，額前散落著細碎的髮，看上去莫名頹喪。

昏黃色的燈光灑在他的身上，光影交錯，晦暗不明。

過了半晌，段嘉許忽地抬起眼，看了過來，彷彿抓住了她的視線。有些猝不及防，桑稚下意識抓住裙子的下襬，怕挪開視線會顯得心虛，所以沒有躲閃。跟他對視了幾秒後，她才低下頭，故作鎮定從容地看手機，當作沒有事情發生。

見狀，段嘉許玩味地抬了抬眼。也不知道又怎麼惹到這個小孩了，他稍稍坐直了些，手肘搭在車窗上，輕笑著問：「小孩，怎麼不叫人？」

桑稚看他一眼，乖乖地叫：「哥哥。」

錢飛又回頭，不甘心地說：「噯，那怎麼不叫我？」

桑稚頓了一下，又喊一聲：「哥哥好。」

彷彿沒聽到錢飛的話，段嘉許盯著桑稚，一雙眼明而亮，天生帶著明目張膽的勾引，但似乎沒有那樣的意思。他像是沒聽清楚，突然問：「哥哥好什麼？」

桑稚覺得莫名其妙：「就是哥哥好啊？」

聞言，段嘉許拖長氣息呵呵笑了幾聲。這次他總算聽清楚了，歪了歪頭，悠悠地重複了一遍：「哥哥好帥啊？」

「……」

「怪不得……」段嘉許突然湊近桑稚，挑眉笑道：「一見到哥哥就臉紅。」

但他也沒有湊太近，只是身子稍稍前傾。兩人之間依然隔著一個空位，不遠不近。

車內放著吵鬧的重金屬音樂，震得桑稚的心臟發麻，減輕了幾分不自在感。她的呼吸頓住，想順著他的話碰碰自己的臉，但又能明顯地聽出他話裡帶著逗弄的笑意。

桑稚瞬間有種「又被老男人耍了」的不愉快感，繃著臉道：「你哪裡帥了？」

錢飛的腦袋還往後偏著。聽到這句話，他下意識看向桑稚，一臉不忿地說：「就是啊，而且段嘉許你要不要臉，人家小朋友哪裡臉紅了？」

音樂有點大聲，桑延沒太注意他們的對話。聽到錢飛的話，他大概猜到剛剛段嘉許說了什麼。他把音量調低了些，透過後視鏡掃了眼後座：「他不是一直都這樣？」

「也是。」錢飛把腦袋轉了回來，白眼簡直能翻到天上去，「上回體能測驗的時候，我跑完一公里喘得跟狗一樣，他過來看到了就問我，怎麼一看到他就臉紅。」

桑稚：「……」

段嘉許靠回座椅，癱成一團泥，像沒骨頭似的。聽到錢飛的話，他也只是低笑了兩聲，沒有出聲打斷。

錢飛越說越憤慨：「本來就喘不過氣了，又聽到他說的話，我差點窒息。」

「別說是人了，」桑延轉著方向盤，也加入抨擊段嘉許的行列，語氣略帶嘲諷，「他對狗都這樣說話。」

「啊？」錢飛愣了幾秒，狂笑起來，「跟狗說『一見到哥哥就臉紅』？」

「……」

桑稚想像了一下那個畫面。

錢飛對段嘉許比了個大拇指：「真有你的。」說完，他安撫般地對桑稚說：「小妹妹，妳不要理他。這哥哥不是好人，妳自己玩一下手機，很快就到了。」

桑稚瞥了段嘉許一眼，面無表情地點頭。

段嘉許這才懶洋洋地道：「錢飛，你怎麼還挑撥離間啊？」

錢飛啊了聲，問道：「我挑撥離間了嗎？」不等任何人回應，他又看向桑稚：「小妹妹，我有挑撥離間嗎？」

桑稚搖頭：「沒有。」

錢飛在前面無辜地攤了攤手。

桑稚抓著安全帶，故意認真地補充了一句：「這個哥哥看起來確實不像好人。」

聞言，段嘉許的眼皮動了動，他看向桑稚。彷彿以為自己聽錯了，他慢慢地重複了一遍：「我不像好人？」

桑稚沒搭理他。

「好。」段嘉許的唇角微微地勾起，他意味深長地說了一句，「我不是好人。」

裝作沒聽見，桑稚看向窗外。

過了幾秒，她似有若無地聽到他那一頭傳來一句：「小沒良心的。」

桑延把車子開到家附近的一個商圈。

這個商圈剛蓋好，很多店面還沒出租，所以也沒營業。外頭只零零散散地開著幾家店，看上去有些冷清。怕這個地段不好停車，桑延先把他們三個放下車，之後獨自把車開進地下停車場。

下了車之後，桑稚越發覺得難受，而且這種感覺跟拉肚子不太一樣。她突然有了個不好的猜測，默不作聲地走在最後面。

年紀差不多的時候，黎萍就跟她說過女生月經的事情。包括周圍的同學，初經大都已經來了，偶爾桑稚也能聽到她們聊起這個話題。看著她們因為這個不上體育課，因為這個大夏天喝熱水，因為這個每節下課都要去廁所，看多了、聽多了，此時就算再遲鈍也能聯想到是那件事。

黎萍在這方面很細心。她在桑稚的每個包包裡都備了兩片衛生棉，以防不時之需。可桑稚以為只是出來吃個晚飯，根本沒有帶包包。她的大腦一片空白，走路的速度越來越慢，她開始期望只是她想太多了。

段嘉許和錢飛走在前面。

錢飛正激動地跟他說著自己剛剛跟桑延的遊戲戰局。

段嘉許散漫地聽著，很快就注意到桑稚遲遲沒跟上來，他停下腳步，回頭問：「小孩，妳怎麼走那麼慢？」

桑稚的嘴唇動了動，沒說話。

「走到前面來。」段嘉許朝她招招手，「走在後面被人拐跑了，哥哥都不知道。」

錢飛尷尬地抓頭：「我都忘了桑延的妹妹在了……」

桑稚慢吞吞地走過去，小聲說：「哥哥，我想去廁所。」

瞧見她的臉色，段嘉許說：「臉怎麼這麼白，不舒服？」

「沒。」桑稚的聲音更低了，「我只是想去廁所。」

見狀，段嘉許大致猜到了什麼，也壓低了聲音問：「肚子不舒服？」

桑稚頓了一下，點點頭。

「先進商場吧。」怕她覺得尷尬，段嘉許沒多問，「哥哥帶妳去找廁所。」

幾人在車上就商量好了，打算來這裡新開的一家燒烤店吃晚餐，在商場的三樓。室內的人流比外面多一些，營業的店面相較起來也多了不少。

段嘉許讓錢飛先去占位，然後邊找四周的指示牌邊說：「小孩，妳有帶衛生紙嗎？」

桑稚安靜了幾秒：「沒有。」

「那妳先去廁所，看看裡面有沒有衛生紙。」段嘉許想了想又說：「沒有的話，妳傳封簡訊給哥哥，我幫妳買過來，然後請一個姊姊幫妳帶進去，可以嗎？」

兩人順著指示牌的方向走。

桑稚搖頭，有點不自然地說：「我一個人去就好了。」

「我讓妳一個人去？」段嘉許眉眼一抬，問道：「妳是第一次來這裡吧？如果妳走丟了，妳哥來找我，我要去哪裡找人？」

桑稚囁嚅道：「不是有手機嗎？」

段嘉許好笑地說：「妳上個廁所怎麼這麼多話？」

桑稚立刻閉嘴。

走到距離廁所十公尺的地方，段嘉許停下來：「去吧。」

桑稚看了他一眼，沉默地走進廁所。所幸人不多，廁所的空間也大。她找了個空的隔間進去，掀起裙子，把內搭褲和內褲一起脫下。

果然，如她想像中的那樣，內褲上染了一大片鮮紅，黑色的內搭褲似乎也有點濕潤的跡象。

桑稚的表情凝重，她把裙襬後方拉起來看。她今天穿的是深藍色的連身裙，能看到裙子有一塊地方的顏色深了點，不細看的話看不出來。

桑稚有點崩潰。她想去樓上的超市買包衛生棉，但身上一毛錢都沒有。可她又無法跟段嘉許說這件事情，尷尬到一個字都不想提。

像是世界崩塌了一樣，桑稚在原地發了好一會兒的愣。良久後她才下定決心，從一旁扯了一大截衛生紙出來墊在內褲上，然後走出廁所。

段嘉許還站在原來的地方看手機。餘光注意到她出來了，他把手機放回口袋裡：「好了？」

「哥哥。」桑稚猶豫了一下，「你先上去吧，我想等我哥一起上去。」

段嘉許：「妳哥已經上去了。」

最後一個希望破滅。

桑稚垂著腦袋：「喔，那走吧。」

覺得她今天過於反常，段嘉許有點納悶：「妳這小孩今天是怎麼搞的？」

今晚臨時決定出門，大概是桑稚目前的人生中做過最後悔的一件事情。

遲遲不來的初經倒楣地降臨，與她同行的還是三個大男人。沒有一個人懂她，只覺得她任性不正常。

她接受著段嘉許的碎念，沉默不語地走在前頭。

段嘉許摸不透這個年紀的孩子在想什麼。只當她是心情不好，他也沒太放在心上，正打算跟上她的時候，目光一掃。

此刻，在這個瞬間，他才注意到她裙子上有一塊顏色比其他地方深了一些。

「……」

再聯想到桑稚一連串的反常行為，段嘉許抓抓臉頰，立刻上前抓住桑稚的手臂，斟酌著詞彙問：「不是拉肚子了？」

桑稚停下腳步，抿著唇看他，眼眶紅紅的，她很快又低下頭，一句話也沒說。

段嘉許也有些尷尬，頓了好幾秒後他才說：「妳先回廁所裡，哥哥去幫妳買？」

桑稚沒動，腦袋低得讓人看不清臉上的表情。

「妳先回廁所等。」段嘉許安撫道，「沒事，就一點小事情。」

聽到這句話，小女生的羞恥湧上心頭，忍了半天的眼淚突然就掉下來了。桑稚伸手抹著眼淚，嗚嗚地哭起來，肩膀一抖一抖的，像是受到天大的委屈。

尷尬的氣氛因為她的哭聲打破。

段嘉許本來還有點不知所措，看著她這樣哭，莫名其妙地笑出聲，又怕惹得她更不開心，只好忍著笑說：「妳怎麼又哭了？」

桑稚覺得羞恥，頭也不抬，只自顧自地哭著。

「好了，別哭了。」段嘉許低聲哄，「不是什麼壞事，去廁所等哥哥。」

她也不想這樣在外頭待太久，只能點點頭，哽咽著擠出一句「謝謝哥哥」，然後邊忍著哭聲邊走回廁所裡。

看著她進去了，段嘉許吐了口氣，往二樓的方向走。上了手扶梯之後他想了想，還是打了通電話給桑延。

桑延很快接起來：『怎麼還沒上來？』

段嘉許一時之間竟然也不知道該怎麼說。

桑延：『喂？聽到了嗎？』

段嘉許嗯了一聲。

『菜都上了，怎麼還不上來？』

「……」

桑延：『說話啊兄弟。』

段嘉許：「兄弟，你妹……」

桑延：『幹嘛？』

段嘉許：「應該月經來了。」

『……』

那頭瞬間沉默了下來，安靜得像是掛了電話。

段嘉許走進超市裡，輕咳了一聲，桑延才開口：『那怎麼辦？』

「……」段嘉許的語氣帶了點不可思議，「你問我？」

桑延又沉默了幾秒，然後說：『二樓好像有超市，你去買一下吧，兄弟。』

段嘉許覺得荒唐：「那難不成是我妹？」

桑延一本正經地道：『你是我兄弟。』

言下之意就是，我的妹妹就是你的妹妹。

段嘉許覺得頭痛：「你下來，貼身衣服你來買，我買不合適。」

空氣似乎凝滯了好一段時間。

桑延突然道：『怎麼了？我聽不見你說話。』

段嘉許愣了一下，還真的相信了他的話，正想再開口時，桑延又拖長尾音噢了聲，然後說：『訊號不好。』

段嘉許瞬間明白過來，如他所料，接著又聽到桑延乾脆俐落的兩個字：『掛了。』

「……」段嘉許無言地扯了一下唇角。但出乎意料地，話筒裡卻沒有傳來掛斷的聲音。他也沒再出聲，掃視著各處的貨架。

又過了好一會兒，桑延忽地喊他：『兄弟。』

段嘉許懶得理他。

那頭響起椅子拖拉的聲音，接著桑延吐了口氣，認命般地說：『要不要我陪你一起去買？』

「……」

『好吧。』桑延的語氣有些抑鬱，『你陪我一起去，可以嗎？』

來超市從來沒去過那個區域，況且段嘉許也是第一次來這個超市，他找了半天，終於在洗衣精貨架旁的架子上找到了目標物，正想走過去，忽地注意到那邊站了好幾個女人，還有一個店員在跟她們推薦產品。

他的腳步頓住。

但想到桑稚還在等，段嘉許閉了閉眼，也無法再顧慮什麼，只能硬著頭皮過去。他走到最左端的架子前，彎腰看著面前粉嫩的包裝，想要隨便拿一包，又有些無從下手。

沒多久，桑延也找到了這裡，走到他的旁邊。同時段嘉許拿起一個藍色包裝的，遞到他的眼前：「要不然就這個？」

桑延放下內心的包袱，瞥了眼：「日用是什麼意思，白天用？」

「……」

「這玩意兒還分早上晚上？」桑延煩躁地抓抓腦袋，指著另一個方向，「現在不是晚上了？要不然拿那包黑的吧，寫著夜用。」

段嘉許順著看，淡淡地說：「四十公分長？」

「……」

「這會不會太大了？」

桑延盯著上面的四個字，皺著眉說：「乾爽表面又是什麼意思？」

段嘉許：「不知道。」

「還有棉柔表層……」

一旁的幾個女人已經買完走人。店員轉移目標，走到他們兩個旁邊問：「你們是來幫女朋友買的嗎？」

桑延的話被打斷，兩人的視線同時轉了過去。

這時候要回答的人應該是桑延，畢竟兩人之中，跟桑稚有最直接關係的人是他。段嘉許收回視線，沒有主動說話。

「不是。」桑延沒按常理出牌。他的視線往段嘉許身上掃了一圈，忽然意有所指地說：「妳別看他這樣。」頓了一下，他面不改色地補充：「其實他是個女人。」

「……」段嘉許的動作一頓。

售貨員的表情明顯變得僵硬：「啊？」

桑延：「妳別這樣，人家就是長得粗獷了點，但真的是個女人。」

過了幾秒，段嘉許抬起頭。桃花眼稍稍一斂，看上去深情又曖昧。接著他露出一個略顯玩味的笑容，喊了一句：「寶貝？」

桑延瞬間起了一身雞皮疙瘩：「……」

「解釋那麼多幹嘛？」段嘉許輕笑兩聲，捏了捏他的臉頰，「你不用說我也明白，我在你心目中是最漂亮的。」

「……」

在店員異樣的眼神以及略顯敷衍的推薦下，桑延勉強維持著臉上的平靜，乾脆日用和夜用都挑了兩包。離開那塊區域後，他冷笑著說：「你也是夠噁心的。」

段嘉許挑眉：「是嗎？」

桑延：「我差點吐了。」

「你不是說我是女人嗎？」段嘉許笑得溫柔，像個男妖精，緩緩地說：「我覺得我是女人的話，應該還滿漂亮的吧？」

「……」

兩人又到賣內褲的地方。桑延隨手挑了一盒，正想去結帳，段嘉許提醒：「衣服也買一套吧。」

桑延反應過來：「衣服上也弄到了？」

段嘉許嗯了聲。

桑延點頭，沒多問。

兩人轉個彎到服裝區，桑延隨意地掃了圈，看中一套差不多大小的衣服。沒等他拿起來，段嘉許忽然指著其中一條裙子說：「買這條吧。」

桑延看過去。

大小差不多合適，顏色跟桑稚今天穿的那條幾乎一模一樣，看上去差異不大。桑延沒問原因，也不太在意這些細節，直接把那條裙子拿了下來。

走出了超市，兩人回到一樓的廁所前。桑延叫住一個正要進去的女人，禮貌地問：「您好，能幫忙把這個帶給裡面一個叫桑稚的小女孩嗎？」

女人愣了一下說：「可以啊。」

桑延：「謝謝。」

正當女人要進去時，一旁的段嘉許出聲補充道：「對了，再麻煩您一下。她的年紀有點小，可能還不太懂這個。」

「啊？」

段嘉許摸摸後頸的皮膚，過了幾秒又說：「您能教一下她用法嗎？小女生臉皮薄，可能不好意思開口。」

女人了然，笑了笑：「沒問題。」

桑稚在廁所裡等了好一會兒。

這個商場很人性化，廁所裡還有個區域可以坐著休息。但她不敢坐，怕裙子上的東西會沾到椅子上。她也不好意思打電話催段嘉許，只能站著乾等。

過了十多分鐘，有個瘦高的陌生女人走了進來。她往廁所內看了一圈，目光定在桑稚身上後走了過來：「妹妹，妳是不是叫桑稚？」

桑稚連忙點頭。

「妳哥哥叫我進來送東西給妳。」女人把手裡的袋子遞給她，想了想，又問：「妳知不知道怎麼用？」

桑稚接過袋子，又點點頭：「知道，謝謝姊姊。」

見她眼睛紅紅的，女人安慰了幾句：「沒事，大家都經歷過。別哭了，快去換吧。」

桑稚又說了一句「謝謝」，然後拿著袋子進了個隔間。她看了眼袋子裡的東西，發現需要的東西都齊全時才終於鬆了口氣。

認真地把自己整理乾淨，桑稚笨拙地換上一片新的衛生棉，然後很快走出隔間。她不知道該以什麼表情出去見段嘉許，又到洗手臺前摸了好一會兒，最後還是自暴自棄地走了出去。

意外的是，外面沒有段嘉許，取而代之的是下了車之後就沒再見到的桑延，一時之間，桑稚窘迫和尷尬的情緒稍稍淡了些。

注意到她的身影，桑延朝她招了招手。

桑稚沉默地走到他的面前。

盯著她紅通通的眼睛，桑延稍稍彎腰，問道：「小鬼，妳哭什麼？」

聽到這句話，桑稚的眼淚又開始往外湧，哽咽地說：「丟臉。」

桑延：「誰說妳丟臉了？」

「就是丟臉。」桑稚用手背擦眼淚，「嗚嗚……你還拿透明的袋子裝……別人都看見了……」

「那是收銀員拿給我的袋子。」桑延覺得好笑，「妳怎麼還怪到我頭上了？妳去怪收銀員啊。」

「我不管……嗚嗚嗚……」桑稚嗚咽著，任性地說：「你要幫我找個不透明的袋子……」

「我要去哪裡找給妳？」桑延被她哭得煩了，直起身朝她伸手，「好了，我幫妳拿。這樣丟臉的就變成我了，可以嗎？」

聞言，桑稚朝他的方向看，似乎同意了這個提議，她的哭聲漸緩，邊掉著眼淚邊把袋子遞給他。

桑延接過袋子，另一隻手扯著她的手腕，嘲笑她：「還說自己不是小孩呢，一點小事也一個勁地哭。」

桑稚一聲不吭地把手上的眼淚都抹到他的衣服上。難得地桑延也沒生氣，只是說：「妳髒不髒？」

桑稚吸著鼻子：「我又沒把鼻涕也抹上去。」

桑延涼涼地掃她一眼：「妳敢。」

話一說完，桑稚立刻拉住他的衣襬，彷彿一定要跟他作對似的用力在上面抹著鼻涕。

桑延：「……」

一大一小的兩個人僵持了一陣子。

桑延先敗下陣來，忍著脾氣，只能又帶著她到三樓的廁所，讓她再去洗把臉，順便清理了一下自己衣服上的慘況。

他們再回到那家燒烤店時，時間已經接近晚上七點了。

桑稚跟在桑延的屁股後頭進去。她偷偷地往前方看，注意到段嘉許跟錢飛並排坐在一張四人桌旁邊。

段嘉許坐在裡面的位子，身子靠著椅背，臉上帶著漫不經心的笑容，他聽著錢飛說話，時不時應兩句。他坐姿並不端正，總是懶懶散散的，像個遊手好閒的大少爺，但又莫名帶著吸引力，讓人挪不開眼。

桑稚不知道為什麼最後變成桑延來找她。她猜測，應該是段嘉許打電話給桑延。但想到不是他替自己去買那些東西，她確實也沒那麼尷尬了。

桑延讓桑稚坐到裡面的位子。

總算等到他們回來了，錢飛納悶地問：「你們去哪裡了？我都快吃飽了。」

桑稚張張嘴，也不知道該怎麼解釋。

桑延把手裡的袋子放到椅子旁邊，看了桑稚一眼，瞎話信手拈來：「這小鬼跑去玩夾娃娃機了，玩了半天都不肯回來。」

錢飛也沒多想。可能是顏色相近，他甚至沒注意到桑稚身上的裙子換了一條，只是好奇地問：「一個娃娃都沒抓到啊？」

「是啊。」桑延緩緩地說：「抓不到還愛哭呢。」

「啊？」錢飛看了桑稚一眼，安慰她：「小妹妹，沒關係。等一下吃完晚餐哥哥去幫妳抓一個。」

桑稚裝作沒聽見，恰好跟對面的段嘉許撞上了視線。她瞬間別開眼。

錢飛沒再繼續這個話題，指了指旁邊的菜單：「那不然再點一些？」

「好啊。」桑延把菜單放到桑稚面前，「想吃什麼自己點。」

錢飛啃著雞爪問道：「桑延，你喝不喝酒？來一杯吧，我一個人喝沒意思。」

桑延直截了當地回：「不喝，我等一下要開車。」

錢飛翻了個白眼：「我靠，你不喝，段嘉許也不喝，哪有人來燒烤店不喝酒的？」

桑延：「你現在不就見到了？」

桑稚又悄悄抬眼看向前方。

這次她沒再那麼恰好地跟他對視。段嘉許低著眼，用開水燙著一個玻璃杯，然後往裡頭倒了大半杯水。在他抬起頭的那個瞬間，桑稚立刻收回視線。隨後，她用餘光注意到，那杯水被放到她的面前。

桑稚抬頭，乖乖地道：「謝謝。」

很快，桑稚點好菜，把菜單遞給桑延。

桑延掃了一眼，正想找店員時，注意到其中兩道菜，側頭問：「這是妳要的？」

桑稚：「對啊。」

「有點自覺。」桑延直接拿筆畫掉，「別讓我提醒妳。」

桑稚不太高興，又不好意思在別人面前跟他爭，只能嘀咕道：「吃一點又沒事，我只點了兩串而已。」

桑延沒耐心地說：「想都別想，我可沒那閒工夫天天照顧妳這小屁孩。」

錢飛在對面指責：「桑延，你妹想吃點東西，你還不讓她吃啊？沒事，小妹妹，妳點吧，哥哥請妳吃。」

「閉嘴。」桑延說，「她對牛羊肉過敏。」

「噢。」錢飛立刻改口，「那小妹妹，妳吃點別的吧。生病了會很不舒服。」

本來就只是輕微過敏，吃一點又沒事，但桑稚沒有決定權，只能屈服。她端起面前的水杯，小口小口地喝著，聽著另外三個大男人說著她毫不感興趣的話題。

等了好一會兒，桑稚忍不住了，戳戳桑延的手臂：「哥哥。」

桑延側頭：「幹嘛？」

「我好餓。」

桑延往桌面上看了一圈，把一盤沒怎麼動過的牛肉炒河粉放到她的面前：「先吃這個，墊墊肚子。」

桑稚喔了聲，拿起筷子。

她正想盛一小碗到自己的碗裡時，突然注意到這盤河粉裡還剩下不少的牛肉。像是發現了什麼寶藏一樣，桑稚第一反應就是看向桑延，然後又往段嘉許和錢飛的方向看了眼。

三個男人都沒往她的方向看。

彷彿在做賊，桑稚把其中一塊牛肉藏進河粉裡，想一起夾起來，那就沒人會發現她的碗裡多了塊牛肉，也沒有誰會知道她今晚偷偷吃了塊牛肉。

——天衣無縫的計畫。

她把那團河粉夾起來。

這個時候，段嘉許突然叫住她：「小孩。」

桑稚的筷子一鬆，她抬頭：「啊？」

段嘉許單手托著右臉，眉眼稍揚，唇角也勾著淺淺的弧度，他拉長尾音道：「先讓哥哥盛一碗？」

她的動作停住，默默收回筷子：「喔。」然後她把盤子推到他面前。

另外兩個人正聊著天，沒注意到他們兩個的動靜。

段嘉許拆了雙新的筷子，慢條斯理地翻著那盤牛肉炒河粉。接下來的時間裡，桑稚一直盯著他的舉動。

然後，她看著他一條河粉都沒夾，卻一塊又一塊地把裡面的牛肉都放進自己的碗裡，連一條牛肉絲都沒放過。直到挑得一乾二淨，他才把盤子推回她面前說：「好了。」

「……」

「吃吧。」

「……」

她真的不想說，你有這麼喜歡吃牛肉嗎？

桑稚盯著面前的河粉，只夾雜著幾根胡蘿蔔絲和菜葉，素得可憐。她的目光一挪，定定地看著段嘉許碗裡滿滿的牛肉，一口氣堵在心口出不來。她抿抿唇，不大痛快地拿起筷子。

知道在場的人沒有一個會幫她，桑稚也沒浪費力氣去抱怨什麼，「忍辱負重」地盛了一碗被段嘉許挑揀後的河粉。

這一桌話最多的人就是錢飛，喝了酒之後更甚。整個晚上，大多數時間都是他在說話，桌上的東西基本上也都是他在解決。

桑稚百無聊賴地聽著他們的聊天內容。除了遊戲就是遊戲，他們沒有提過女生，也沒提過一個字的學業。

桑稚低著頭咬著河粉，腮幫子一鼓一鼓的。

過了半晌，酒量極差的錢飛突然發酒瘋。這次他終於提起自己的感情生活，絕望又崩潰：「我他媽怎麼大三了都沒女朋友，我都大三了啊！」

桑稚想伸手拿一串雞翅膀，被這突如其來的吼聲嚇了一跳，又立刻縮回手。她悄悄看了一眼其他三個人。

桑延扯扯嘴角：「別吼了，你畢業後再哭也來得及。」

「我不！我受夠了！」錢飛用手指頭指了指桑延，「來找我的女生，不是跟我要你的電話號碼，」

他指向段嘉許，「就是跟我要你的！」

「……」

錢飛嗚嗚地哭起來：「從來沒有誰是來要我的號碼，我本人的！」

看著一個大男人這麼哭，桑延良心發現般地建議：「要不然這樣，下次你就說你叫桑延，這樣要的就是你本人的號碼了。」

段嘉許眼皮也沒抬，抽了張衛生紙，拿了串雞翅放到桑稚碗裡，隨口附和：「要說你叫段嘉許也可以。」

「……」

這不是雪上加霜嗎？

聽到這句話，錢飛立刻止住哭聲，盯著他們兩個。

氣氛凝固片刻。

桑稚沒敢再看戲，總覺得下一刻氣氛就要爆發。

過了好一會兒，錢飛突然又哭出來，像是受到了皇帝的恩寵，他淚眼模糊、感激涕零地說：「好兄弟！嗚嗚嗚，好兄弟！」

桑稚：「……」

見大家吃得差不多了，桑延先去結帳，順便去把車開出來。

段嘉許扶著錢飛站起來，低頭看向桑稚：「小孩，走哥哥前面。」

桑稚喔了聲。

聽到桑稚的聲音，錢飛費勁地看向她，突然想起一件事：「啊，小妹妹，哥哥還要夾娃娃給妳。等著，妳想要哪個？哥哥夾娃娃最強了。」

看著他路都走不穩的樣子，桑稚猶豫地說：「不用了……」

「不行！我這個人說話算話，從不騙人！」錢飛從口袋裡摸出錢來，「走，去夾娃娃。」

出了燒烤店，隔壁就有一塊空地，放著六台夾娃娃機。

錢飛把錢全都兌成硬幣，分了十個給桑稚，看起來豪氣沖天：「妳想要哪個，告訴哥哥，哥哥夾給妳。」

桑稚隨便指了一台。

錢飛便歪歪扭扭地走過去。

桑稚看了一圈，往一台裝著哆啦A夢的夾娃娃機走去，直接塞了三個硬幣進去。她不太會玩，動作慢吞吞的，不是沒對準，就是抓起來又掉下去。

過了一會兒，段嘉許走過來站到她的旁邊。

桑稚抬頭看他一眼。看到他，她就想到剛剛的事情。她還是覺得很丟臉，也因為牛肉的事情有點不高興。她沒吭聲，又丟了個硬幣進去。

這次她依然沒抓到。

桑稚往旁邊看了一眼，發現錢飛也一個都沒抓到，心裡才稍稍平衡了些。她糾結著要繼續玩還是不要再浪費這個錢。

下一秒，段嘉許懶懶地出了聲：「小孩，給哥哥一個硬幣，」

「……」桑稚扭頭，不太情願地說：「你幹嘛跟我要？」

段嘉許笑：「哥哥沒錢啊。」

僵持了半晌，桑稚還是給了他一個硬幣。

段嘉許站到娃娃機前問她：「想要哪個？」

桑稚指著戴著紅色帽子的娃娃，忍不住說：「我夾了六次都夾不到。」

段嘉許：「嗯，哥哥夾給妳。」

桑稚站一旁看著，看到他對準了那隻娃娃，輕輕拍了一下按鈕，彎鉤降下來，抓住那個娃娃上升了幾公分後，又掉下去。

「……」

桑稚把視線挪到段嘉許的臉上。

他也不覺得尷尬，只是撇頭看她，又說：「再給哥哥一個？」

「……」

接下來，桑稚很無語地站在旁邊，忍受著段嘉許持續不斷又厚顏無恥地跟她要硬幣的行徑。直到剩最後一次機會，他才成功地把那個娃娃夾出來。

段嘉許蹲下來從機器裡拿出娃娃：「想夾個娃娃還真不容易。」

桑稚：「還不如去買一個。」

「哥哥沒玩過嘛。」段嘉許抬頭，把娃娃給她，「這麼嫌棄啊？」

桑稚的指尖動了動，她沒拿。

段嘉許保持著動作沒動。

過了好幾秒，桑稚垂下眼接過來：「謝謝哥哥。」

段嘉許輕笑了聲：「彆扭的小孩。」

「……」

「幫妳抓到娃娃了。」段嘉許站起身，揉揉她的腦袋，「別再哭了啊。」

這句話像是在對應剛剛桑延應付錢飛的話，但他明明知道不是因為那個，彷彿完全忘了那件事情，當作自己毫不知情。

他是為了照顧她的感受。

有熱氣從脖子處往上湧，發燙至耳根。桑稚抱著娃娃的力道漸漸收緊，掛著唇角上揚的弧度，她默默地點了點頭。

因為錢飛喝得很醉，桑延先把車子開到他家，跟段嘉許一起把他扶上去，之後才把車子開到南蕪大學門口。

段嘉許下了車，跟他們兩個擺擺手，走進了學校裡。

夜色濃郁，大學的正門寬敞明亮，相比之下裡頭的路燈明顯暗了幾分。男人的背影清瘦又高大，漸漸與那片暗沉融為一體，直至消失不見。

車子發動，桑稚收回視線，問：「哥哥，嘉許哥就住在學校嗎？」

桑延：「嗯。」

「他怎麼不回家？」

「他家不在這邊。」

「現在不是放假了嗎？」

「不知道。」桑延明顯不想搭理她，「妳哪來那麼多話。」

桑稚沉默了一陣子，還是百無聊賴地把腦袋向前湊，問道：「剛剛錢飛哥說有人找他要你的電話號碼，是真的嗎？」

桑延：「廢話。」

桑稚：「那有後續嗎？」

桑延：「沒給，哪裡有後續。」

「喔。」桑稚想了想，「幸好你沒給。」

桑延打著方向盤，沒吭聲。

下一秒，桑稚又道：「我覺得她們可能是來找錢飛哥要你的聯繫方式，然後問你能不能給她們嘉許哥的聯繫方式。」

「……」

「哥哥，你自己注意點。」

「閉嘴。」

「別讓她們羞辱你。」

「……」

「雖然你確實是我們家長得最醜的一個，但是……」桑稚頓了一下，像是在斟酌用詞，然後老實地說，「但是，你在外面還是，滿醜的。」

「……」

回到家之後，桑稚立刻回房間拿了套換洗衣服進浴室裡洗澡。衣服還沒脫，她忽然想起自己剛剛弄髒的那條裙子，又迅速跑出去。

桑稚在客廳和玄關轉了一圈，沒看到袋子。她又朝桑延的房門看了一眼，門沒關，但廚房倒是有動靜，她聽到他在裡面東摸西摸的聲音，劈哩啪啦的。

他們不是才剛吃完飯回來嗎？

桑稚碎念了一句「真能吃」，然後走回房間，一眼就看到放在書桌上的袋子。她拿著袋子回到浴室，拿了個臉盆把髒衣服都丟進去。

這還是桑稚第一次自己洗衣服。她擠著洗衣精，雙手搓著有痕跡的地方，動作笨拙又緩慢，洗得一乾二淨。

等桑稚走出浴室時，已經差不多過了一個小時。她抱著臉盆，小跑到陽臺去曬衣服。桑稚正想回房間，在這個時候聽到了桑延的聲音。

他似乎是在打電話，語氣略顯不耐：「煮好了。」

「我關心什麼啊？我沒看到她不舒服。」桑延說，「加什麼紅棗、當歸？不是，媽，妳怎麼不早說，我哪知道。」

「你們不是明天就回來了嗎？到時候你們自己看著辦，我累死了，你們的女兒你們自己帶，可以了吧？我帶兩天算仁至義盡了……好了，就這樣喝吧。」過了幾秒，桑延似乎是掛了電話。很快，他端著一個碗走了出來。看到桑稚，他臉上也沒半分心虛，冷冷地說：「自己過來喝。」

桑稚慢吞吞地湊過去：「你怎麼這麼不喜歡我？」

「我要是不喜歡妳，」桑延嘖了一聲，一字一字地說：「妳現在應該已經被我打死了。」

「……」

說完，桑延懶得再理她，回到房間裡。

桑稚走到餐桌邊，小心翼翼地端起桌上的碗也回到房間。她坐到書桌前，對著碗口抿了一下。粥還有點燙。

她乾脆放到一邊，回頭，注意到被她放在床上的哆啦A夢。

桑稚走過去，把娃娃拿起來放到床角，跟之前段嘉許送她的另一個娃娃靠在一起。她趴在床上，雙腿晃蕩著，用指尖戳戳娃娃的臉，很快又翻了個身，仰躺著，看著白花花的天花板出了神。

今天她好像有點丟臉，又莫名地有點開心。

這個突如其來的初經，除了腹部痠痛、有下墜感之外，桑稚其實沒有太難受。但隔天一早，她是被痛醒的，腹部像是被人用針在扎。

黎萍和桑榮已經回來了，熬了碗小米粥給桑稚。

「還難受嗎？」等她洗漱完，黎萍坐在旁邊跟她說話，「來了也好，我聽妳舅媽說，曉冰來月經之後，身高一下子竄到一百七了呢。」

桑稚小口喝著。聽到這句話，她想了想：「小表姊？」

「對啊。」

桑稚狐疑地問：「她不是本來就一百六十幾嗎？」

黎萍：「是啊。這樣算起來，妳說不定一下子就能長到一百六了。」

「一百六……」桑稚把粥咽進肚子裡，搖搖頭，「我想再高一點，最好長到一百七。」

「那我們只只就要好好吃飯。」黎萍溫柔地說，「慢慢就會長高的。」

吃完早飯，桑稚難受得在床上躺了一天，什麼都不想做，但想到會長高，而且是長大了的第一個象徵，之後就不再是個小孩了，這疼痛好像也就沒那麼難受了。

◇

隔週週三是傅正初的生日。

本來桑稚已經打定主意不去了，畢竟她和那一群人不算熟悉，黎萍還幫她報了個暑期繪畫班，但她又因殷真如的連環奪命 call 妥協了。

殷真如住在附近，她早早就來找桑稚，打算結伴而行。因為KTV的地點在另一區，兩人一起到附近的公車站等車。

八月份，天氣還很熱，地表都是滾燙的，泛著土腥味。兩個小女生穿著短袖短褲，撐著傘站在站牌下。等了一會兒，桑稚熱到有些暴躁：「不是下午一點嗎？幹嘛這麼早出來？」

「我忘了買禮物……」殷真如不好意思地吐舌頭，「反正我們剛好先去附近逛逛，買到禮物就去找傅正初他們。」

「現在才十點。」

「坐車過去也要一個小時啊。」殷真如看了看手錶，「我們到那裡應該十一點，買完東西去吃個午飯，時間不就剛剛好嗎？」

桑稚哼道：「我可以直接去吃午飯嗎？」

「不行！我一個人怎麼逛！」殷真如說，「還有，妳不是說妳跟傅正初小學六年都在同一班嗎？我怎麼覺得妳們的關係好差？」

「是滿差的。」

「……」殷真如不敢相信，「真的假的？我還以為傅正初……那個……妳懂吧？」

桑稚皺眉：「什麼？我不懂。」

殷真如湊近她的耳朵，小聲說：「暗戀妳啊。」

「……」

車正好來了。

沒等桑稚回話，殷真如立刻拖著她上車。公車上空蕩蕩的，沒幾個人，還剩下很多空位。兩人找了後排的位子坐下。

桑稚還在想殷真如的話，表情有些古怪：「誰告訴妳的？」

「一看就看得出來嘛。」殷真如說，「他老是要我約妳出來。六班在三樓，我們班在二樓，他還總是來我們班外面晃。」

桑稚又問：「那妳怎麼不說他暗戀的是妳呢？」

「……」

「不然他怎麼不直接來找我，而是透過妳來找我？」桑稚的表情理所當然，「妳們以前應該不認識吧？」

「妳說得還滿有道理的。」殷真如癟癟嘴，「但如果不是關於妳的事情，他根本不會找我啊。」

兩沉默。

桑稚盯著她，忽然用手指了指自己的右臉。殷真如莫名其妙：「幹嘛？妳臉上沒東西。」

桑稚又指了指。

殷真如立刻往後躲，滿臉的拒絕：「妳不會是想叫我親妳吧？」

「妳在說什麼啊？」桑稚無奈地看著她，「我只是想告訴妳，我以前經常跟傅正初打架。」

「啊？什麼時候？」

桑稚回憶了一下：「二年級的時候吧。」

「二年級？那時候幾歲啊？」

「我比他大一歲。」桑稚說，「年紀小的時候，有些男生確實會打女生，但不會像他那樣。他對別的女生也不會這樣，只對我這樣。」

「什麼？」

「他把我當成男的打。」

「……」

「有一次，」似乎是想證實她說的話有多離譜，桑稚又指著右臉，咬字清晰地說：「他用拳頭揍我這裡。」

「拳頭」兩個字，她刻意咬重了些。

殷真如：「啊？嚴重嗎？」

「嗯？不知道算不算嚴重。」桑稚思考了一下，然後開始強調，「我不是打不過他。主要是我沒防備，所以就摔到地上了。」

「……」

「然後摔斷了一顆牙。」頓了一下，桑稚繼續說：「我當時生氣了，也推了他一把。」

「然後呢？」

「他也摔到地上，骨折了。」

「……」

此話一出，殷真如果然打消了自己的想法。之後買禮物時，她也沒勸桑稚也挑一份送給傅正初，像是把他們當成了仇人，格外避諱。

桑稚樂得清閒，跟在她後頭，自顧自地看著這些小玩意兒。殷真如挑禮物格外隨意，看到好看的小夜燈就買了。時間還早，兩人乾脆走進一家甜品店。

這是一家連鎖的甜品店。店面很小，裝修偏古典，木桌木椅，整體顏色偏深，燈光顏色昏黃，看上去很溫馨。空調溫度開得很低，隔絕了外頭的燥熱。店裡沒有別的客人，只有一個店員。

聽到門響動的聲音，店員抬起眼，語氣聽上去帶了幾分睏倦，他懶洋洋地道：「歡迎光臨。」

聲音格外熟悉。

桑稚的呼吸一頓，她下意識地抬頭。

男人穿著褐色的圍裙，坐在收銀臺內，眉眼稍稍垂下，瞳色在燈光的照耀下顯得更淺。他的目光一瞥，在桑稚的臉上停下，而後，眼角似有若無地那麼一挑。

沉默兩秒，桑稚主動喊了聲：「哥哥。」

段嘉許看了眼桑稚旁邊的女生，點點頭：「來這邊玩？」

桑稚：「嗯。」

殷真如的目光在他們兩個身上打轉，沒說話。桑稚拿起擺在收銀臺上的菜單，猶豫地問：「哥哥，你在這裡打工嗎？」

「嗯。」段嘉許的神情漫不經心，「去找個位子坐吧，想吃什麼再過來點，等一下哥哥送過去。」

桑稚喔了聲，跟殷真如坐到最靠裡面的位子。

翻著菜單，殷真如悄悄往段嘉許的方向看，好奇地問：「那個人是誰啊？我記得妳哥好像不是長這樣。」

「我哥哥的朋友。」

「長得好帥啊。」殷真如捂著胸口，「我記得妳哥哥也長得很帥，桑稚，妳也太幸福了吧？」

桑稚：「妳別亂說。」

殷真如：「啊？」

桑稚：「我哥哪裡長得帥。」

「……」

很快，兩人挑好了甜品。桑稚抱著菜單走到段嘉許面前：「哥哥，我要一個椰汁西米露，還有芒果雙皮奶。」

段嘉許：「嗯。」

桑稚算了一下價格，從口袋裡摸索出幾個硬幣，她又摸了摸，沒摸到其他錢。桑稚把錢都放到收銀臺上，轉頭想回位子拿自己的包包，再從裡頭拿錢出來補上。

剛走兩步，身後的段嘉許出聲喊她：「小孩。」

桑稚轉過身：「啊？」

段嘉許用指節敲敲桌上的錢，手肘撐著桌沿，身子微微俯下，他低笑著問：「欺負哥哥不會算數？」

桑稚反應過來，抿了抿唇，沉默地回到位子上，從包包裡拿錢出來，又走到收銀臺前，把錢放到他面前。

段嘉許垂眸掃了一眼：「還差一塊。」

「……」

桑稚覺得他是在騙她錢，開始跟他計較：「一個七十塊錢，一個六十塊錢，加起來一百三十塊錢，哪裡還差一塊？」

「妳不是說哥哥長得帥？」

「……」

她什麼時候說了？那是殷真如說的。

而且這跟這件事有什麼關係？

「偷偷看了哥哥那麼多次，如果給妳白看的話……」他的尾音打著轉，聽起來吊兒郎當的，「那哥哥多吃虧啊。」

第三章　我家小孩

「……」桑稚一言不發地盯著他半晌，似是覺得悶，擠了半天才擠出一句，「怪不得你這家店會沒生意。」

段嘉許：「嗯？」

桑稚把錢往他面前一推，明顯一毛錢都不想再多給，小臉蛋嚴肅至極，又語氣鏗鏘地冒出兩個字：「黑店。」

段嘉許覺得好笑：「多收妳一塊錢就變成黑店了？」

桑稚板著臉：「我又沒偷看你。」

「好。」段嘉許把桌上的錢拿起來，「是哥哥胡說八道。」

桑稚瞅他，也沒再多說什麼，想回到位置上，還沒走兩步，身後的段嘉許又叫住她：「等一下。」

桑稚腳步一頓，回頭：「幹嘛？」

段嘉許：「過來。」

桑稚的神情狐疑，她不太想過去。但他就安靜地站在那裡看她，彷彿篤定她會過去，像是在對待一隻呼之即來揮之即去的狗。在原地站了好一陣子，桑稚不情不願地走過去，又問一遍：「幹嘛？」

「哥哥能真的收妳的錢嗎？」櫃子高度高，段嘉許彎下腰，隔著一張檯子的距離抓住她的手腕，把錢塞回她的手裡，「自己留著買東西吃吧。」

桑稚愣了一下。

他已經把手收了回去。收銀臺的後方就是一張大型流理臺，上面擺放著各式各樣的原料。說完話，段嘉許轉身拿出兩個乾淨的碗，開始做甜品。

桑稚默默地把錢又放回口袋裡。

他怎麼總是這樣，打一巴掌給一顆糖。

然後，她居然每次都沒能拒絕。

她非常倔強地因為他的「巴掌」跟他爭執，而後又非常沒面子地把「糖」收了下來。

回到位子，殷真如湊過來，這次把聲音壓得很低，跟她竊竊私語：「桑稚，妳哥哥的朋友是要請我們嗎？」

桑稚點頭：「是吧。」

「嘿嘿，真好。」殷真如很開心，「買完禮物我都沒剩多少零用錢了，我還想幫《冒險島》課點金呢，最近新出了個帽子超好看。」

「妳不是已經課很多錢了？」

「好看嘛。」

知道桑稚對這個不感興趣，殷真如轉移了話題：「對了。剛剛傅正初在微信上問我們在哪裡，我就告訴他了。」

「喔。」

「他好像也到了，說要先過來找我們，還有劉偉祺也在。」

桑稚：「他們怎麼不先去開個包廂？」

殷真如：「現在才十二點，那家KTV下午一點才開始。他們說已經打電話預約了，先過來跟我們會合，然後一起去吃午飯。」

「還有誰會來？」

「好像還有他們班的幾個人吧。」殷真如說，「不過那些都是一點之後直接到 KTV 找他們。」

恰好，段嘉許在此刻把兩碗甜品端上來。聽到這番話，他的眉峰稍抬，桃花眼掃了過來，他隨口問：「要去唱歌？」

殷真如立刻噤聲。

桑稚點頭。

段嘉許也沒說什麼，只是囑咐道：「去連鎖的店，天黑之前記得回家，別在外面玩太晚。」

這語氣像在幫桑延管教她一樣，但其實桑延都不怎麼管她。

桑稚喔了一聲。

等他走了之後，殷真如又湊過來說：「妳哥哥的朋友怎麼說話跟我爸一樣？我出門前他也跟我說了一樣的話。」

桑稚很贊同她的話：「我爸也跟我說了一樣的話。」

「……」

她們還沒吃到一半，傅正初和劉偉祺就來了。

桑稚其實很少見到這兩人，此時這麼一瞧，才發現他們似乎又長高了些。他們穿著一身便服，像個小大人似的。

殷真如放下湯匙，笑嘻嘻地說：「壽星來啦。」

傅正初摸摸鼻子。

劉偉祺一身汗，先一步走到殷真如隔壁坐下：「妳們快一點，我餓死了。要不要去隔壁吃個肯德基算了？」

殷真如說：「我可沒錢吃肯德基。」

狹窄的店裡多了兩個人，一下子就熱鬧起來。殷真如吃東西的速度很快，她早就已經吃完了，其餘三人都在等桑稚。她聽著殷真如和劉偉祺鬥嘴，加快了速度。

見桑稚吃完了，殷真如遞了張衛生紙給她：「走吧。」

桑稚點點頭。

另外兩個男生先站起來走了出去。殷真如挽住桑稚的手，想拉著她一起走。路過收銀臺時，桑稚像是想到了什麼，停下腳步，把自己的手從殷真如的臂彎裡抽出來：「妳先出去等我吧。」

聞言，殷真如看了段嘉許一眼，了然道：「好，妳快點啊。」

段嘉許正坐在椅子上玩手機，一隻腳搭在椅側，坐姿很隨意。見狀，他把手放下來，饒有興致地說：「小孩，要跟哥哥說什麼？」

桑稚遲疑了幾秒，最後還是很直接地問：「哥哥，你是缺錢嗎？」

沒想到她是來問這個，段嘉許笑了一下：「嗯？怎麼了？」

「上次去吃燒烤，錢飛哥也說你在附近上家教。」桑稚小聲道，「然後，今天又看到你在這裡工作。」

段嘉許盯著她，沒說話，安安靜靜的。他的目光令人有點捉摸不透，看不出情緒如何。

桑稚莫名其妙地開始緊張，咽了咽口水：「你不回家嗎？」

「嗯，有一點。」

這句話似乎是在回答她前面的那個問題，但桑稚有些沒反應過來，遲鈍地啊了一聲。

「去玩吧。」段嘉許的表情散漫，像是完全不把這件事放在心上，「妳的朋友們還在等妳呢。」

把話說完，他轉過身，打開水龍頭洗著東西。過了一陣子，正當段嘉許以為桑稚已經走了的時候，身後突然響起了一聲清脆的「哥哥再見」，之後又響起一陣她小跑著離開的腳步聲。

段嘉許拿抹布擦桌子，回頭一瞥，目光在桌子上定住。

桌上疊著一堆錢，除了剛剛他還給她的那些，似乎又多加了不少。最底下壓著一張一百塊，再往上都是一些十塊、五塊的零錢。最上方用六七個一塊錢硬幣壓著。

那些錢整整齊齊的，她像是把自己的全副身家都放到這裡。

段嘉許愣了好一會兒。良久後，他遲疑地伸手戳了一下那堆硬幣。硬幣塔順勢崩塌，滑落到桌面上。他眉梢一揚，忽地笑出聲來。

怎麼回事？

這次他怎麼好像真的有種騙小孩錢的……罪惡感？

桑稚是真的一塊錢都沒留給自己，午飯還是跟殷真如借錢買的。沒錢的時候跟一群不太熟悉的同學待在一起，她總覺得沒什麼興致。

下午五點，一群人在KTV裡唱得正高興，桑稚捧著一杯茶水喝著，耳朵被震得發疼，她糾結了半天，還是對殷真如說：「殷真如，我想回家了。」

段真如沒聽清楚，抬頭問：「妳說什麼？」

桑稚只好提高音量：「我說我要回家了！」

歌曲的高潮正好過去，進入一段純音樂，她的聲音一下子就顯得突兀起來，一群人順勢往她的方向看。

很快，音樂又響起，將這凝固的氣氛打破。其他人也沒把她的話放在心上，只有傅正初走過來坐到她旁邊：「桑稚，妳要回去了嗎？」

「嗯。」桑稚說，「我爸叫我天黑之前回去。」

想了想，她補充了一句：「生日快樂。」

傅正初沉默了幾秒後說：「我送妳到車站？」

「為什麼要送？下樓就是車站了。」桑稚神情古怪，站了起來，「你就留在這裡吧，我走了。」

她轉頭跟附近幾個人道別，從包包裡拿出學生票卡，走出ＫＴＶ。

ＫＴＶ在這個商場的五樓，段嘉許所在的甜品店在四樓。坐電扶梯下到四樓時，她的腳步停了一下，身後倏地響起傅正初的聲音：「妳怎麼不走了？」

「……」桑稚嚇了一跳，立刻回頭，有種做了虧心事被人抓到的感覺，她惱羞成怒地道，「你跟著我幹什麼？」

「沒跟著妳。」傅正初的表情有些窘迫，「我出來透透氣。」

「喔。」桑稚繼續往下走，「那你透吧，再見。」

傅正初依然跟著她：「順便送妳。」

桑稚懶得理他了。

「對了。」傅正初抓抓頭，找了個話題來聊，「下學期開學有分班考試，妳知道嗎？」

桑稚點頭：「我聽說你期末考試進步了。」

「……」

「考了年級倒數第五？」

傅正初覺得丟臉，勉強回答：「我是睡著了。」

看著他這個樣子，桑稚若有所思，聯想起之前他在公車上對她說「下次考個第一來玩玩」，以及對她說是因為上課沒聽課才被請家長，但事實上是他主動跟老師提出要請家長的事情。

她突然問：「你是不是很自卑啊？」

傅正初瞪大眼，似是不敢置信，正當他想說些什麼的時候，桑稚又道：「其實也沒什麼吧？主要是我也沒怎麼看到你念書。你好好念書的話，成績應該是會進步的。你只要別那麼懶，把心思放在念書上就行，不用自卑。」

「桑稚，」聽她自顧自地說了一堆，傅正初終於忍不住了，「我不信妳看不出來。」

桑稚頓了一下：「什麼？」

傅正初沒說話。

「什麼看不出來？」想著殷真如的話，桑稚猶豫地問，「你暗戀殷真如的事情嗎？」

「……」傅正初心頭一把火。他平復著呼吸，咬牙切齒地說：「誰跟妳說的？」

桑稚無辜地說：「我猜的。」

傅正初：「妳可不可以別瞎猜？」

桑稚感到很莫名其妙：「但你總不會是暗戀我吧。」

傅正初面無表情地盯著她，自暴自棄地道：「怎麼不會？」

「……」桑稚的表情終於有了點變化，「啊？」

少年年少氣盛，用最猖狂的語氣說出了最孬的話：「假如——我是說假如——假如我暗戀妳，妳又能怎樣！」

「……」

不知是他的音量過大，還是因為他說出來的話太令人難以接受，桑稚明顯一副被嚇傻的模樣，僵在原地沒動。兩人的腳步同時停了下來。

沉默讓氣氛變得尷尬。

傅正初盯著她的雙眼漸漸閃躲，耳根也染上了緋色。他摸摸腦袋，強裝鎮定地問道：「妳怎麼不說話？」

桑稚又啊了一聲，有點不知所措。她不是沒被告白過，但一般人都是在她抽屜裡塞情書或者是傳簡訊，這還是頭一次遇到面對面的告白，還是這麼高調的。

「噯。」桑稚直接當這個假設成立，突然有些好奇，「你還記得你打掉我一顆牙的事情嗎？」

「……」傅正初對這件事極為後悔，但他也確實做過，此刻只能牽強地辯解，「這都多少年前的事情了，我的手指那時候不也骨折了嗎？」

桑稚不太記仇：「也是。」

傅正初鬆了口氣，豎起耳朵，期待著她接下來的話。

桑稚完全不知道「委婉」兩個字該怎麼寫，直接道：「那你還是不要喜歡我了吧，我不喜歡比我小的。」

傅正初頓了一下，怒了：「妳這不是年齡歧視嗎！」

「……」

「妳總得說點我能改變的吧？」

桑稚想了想：「我喜歡長得好看的。」

「……」傅正初深吸了口氣，用手指指她，「除了妳，從沒有人說過我長得醜。妳是不是在針對我？妳是不是給我加上了『醜人濾鏡』？」

「就……」桑稚慢吞吞地說：「每個人的審美觀不同。」

傅正初極為委屈：「我難不成還得去整形？」

「我哪有這個意思。」桑稚被他吼得也有點委屈，訥訥地道，「所以我不是叫你別喜歡我了嗎？」

「算了。」傅正初放棄跟她交談，「當我沒說。」

見他心情不好，桑稚也開始懷疑自己是不是說得太過分了，硬著頭皮問：「你喜歡我什麼啊？」

傅正初瞄她一眼，回答極為膚淺：「妳長得好看。」

桑稚：「喔。」

傅正初：「只有這個反應？」

桑稚：「這我沒辦法反駁啊。」

「……」

兩人還停在四樓的電扶梯前。傅正初突然覺得心情很沉重，盯著她看了好一會兒，又問：「妳是不是不想那麼早談戀愛？」

桑稚點頭：「有一部分是這個原因。」

「還有一部分就是嫌我小，嫌我醜。」越說越覺得不甘，傅正初用力抿抿唇，眼眶開始紅了，

「桑稚，今天可是我生日。妳不能改天再拒絕我嗎？」

「……」桑稚傻了，「你哭了嗎？」

「我哭個屁！」傅正初覺得丟臉，轉頭揉眼睛，突然注意到背後站著一個人，跟他對上了視線。

對視幾秒，傅正初的淚意漸散，他莫名覺得面前的人有些眼熟，但一時之間也想不起來在哪裡見過他。

察覺到傅正初半天都不吭聲，桑稚狐疑地看過去，順著他的視線往後方看，赫然看到段嘉許的身影。不知道他在他們後面站了多久。

見他們都看了過來，段嘉許玩味般地抬了抬眉：「打擾到你們了？」

「……」

傅正初立刻想起了這個人是誰。

桑稚的哥哥。上次桑稚被叫家長的時候，他在辦公室見過。

想到自己剛剛說的話，傅正初的背脊一挺，猛地一鞠躬，一副被人抓包的心虛模樣：「桑稚哥哥好！」

段嘉許嗯了一聲。

傅正初同手同腳地往另一邊跑：「桑稚哥哥再見！」

很奇怪，明明沒有做錯什麼事，但桑稚居然也有種做了虧心事的感覺。短暫的幾秒思考後，她決定先發制人：「哥哥，你是在偷聽嗎？」

段嘉許垂眸看她：「是啊。」

「……」

他就這麼承認了，讓桑稚瞬間把接下來的話咽了回去。她有些措手不及，不知道該說什麼了，乾脆不吭聲，繼續往下走。

段嘉許慢條斯理地跟在她後面：「我們小桑稚的魅力還真大。」他似乎覺得極為好玩，笑出聲，帶出淺淺的氣息聲：「惹得人家小男孩都哭了。」

桑稚不知道要回什麼，憋紅了臉：「你幹嘛？」

段嘉許：「哥哥關心一下妳啊。」

桑稚很彆扭：「別提這個了。」

「好。」段嘉許忽地扯開話題，臉上的笑容隨之斂了些，「上次哥哥幫妳去見完老師之後，跟妳說了什麼話，重複一遍給我聽。」

她瞬間懂了他這番話隱含的意思。

「我不記得你說什麼了，但我沒那麼早談戀愛。」頓了一下，桑稚又強調一遍，「絕對沒有。」

段嘉許：「還滿聽話的。」

桑稚不高興地哼了聲。

段嘉許思考了一下，低聲建議：「青春期開始有這些想法很正常。但妳也別傷害別人，可以先謝謝對方的喜歡，然後再拒絕。」

桑稚：「我哪有傷害他。」

段嘉許：「妳不是把人弄哭了嗎？」

「我弄哭他的次數可多著呢。」桑稚理直氣壯地說，「我以前跟他打架，不管誰打贏，哭的都是他。」

段嘉許上下掃視她，好笑地問：「妳還會打架？」

兩人出了商場大門，到附近的車站等車。桑稚誠實地說：「小時候會打。」

他懶懶地道：「妳現在也還是小時候。」

沉默幾秒，桑稚忍不住說：「現在不小了。」

「嗯？」段嘉許撇頭笑，比劃了一下她的身高，「好，好像是長高了些。還知道要對哥哥好了。」

桑稚沉默地看著他。

段嘉許：「把手伸出來。」

桑稚遲疑地伸手。

下一秒，段嘉許把剛剛桑稚給他的「全副身家」又交還給她，彎著唇道：「謝謝小桑稚。」

桑稚遲鈍地抬頭。

「妳知道這種事情傳出去，別人會怎麼說我嗎？」段嘉許拉長語尾說，「會說我勒索國中生，要把我抓去關。」

桑稚認真地說：「沒勒索，這是我買甜品花的錢。」

段嘉許：「妳吃了兩百啊？那別人會說我漫天開價。」

桑稚說不過他，又把錢塞回他的手裡：「反正我就是給你了。」

「給我錢幹什麼？」段嘉許偏頭，半開玩笑，「覺得哥哥很慘？」

「沒有。」桑稚想起剛剛自己似乎把他惹不開心的事情，她猶豫了一下，還是道了聲歉，「哥哥對不起。」

「嗯？」

桑稚把醞釀了一下午的話坑坑巴巴地說出來：「我剛剛不應該問的。我就是看你好像很忙，然後我之前還老是麻煩你，就覺得不好意思。還有，這是你辛苦賺來的錢，我不能就那樣花掉。而且我還帶了個朋友來。」

「……」段嘉許眉眼一鬆，唇角勾起弧度，「妳怎麼突然說話這麼客套？」

桑稚老實地說：「我爸爸說，做錯了事得承認。」

「誰說妳做錯事了？」

「我覺得我問的話讓你不開心了。」桑稚說，「這就是做錯了事情。」

「沒事，我沒不開心。」段嘉許揉揉她的腦袋，「把妳買糖吃的錢拿回去吧。」

桑稚把手背到身後：「我不喜歡吃糖。」

「那就買妳喜歡的。」段嘉許垂下眼瞼，盯著她明亮的眼睛，「等哥哥以後真的窮得沒飯吃了再來跟妳借錢，好不好？」

上了車，桑稚走到後排靠窗的位置坐下。她看了眼車窗外的段嘉許，很快又收回視線，看著被他塞到包包裡的錢。桑稚悶悶地把拉鍊拉上。

夜幕還未降臨，天邊的顏色暗紅，將大片的雲染上了顏色。遠山如畫，輪廓清晰明瞭，點綴在這片色彩之中。

桑稚伸出手指，在窗戶上寫了個「段」字，很快又抹掉。

她的心情突然很低落，覺得有些費解。

是年齡越大，煩惱也會隨之增加嗎？

但她覺得她的年紀還沒有很大。

段嘉許好像也沒有。

◇

這次意外的遇見，是這個暑假裡桑稚最後一次見到段嘉許。接下來的一個月，桑稚參加了暑期繪畫班開始寫暑假作業，開始忙她這個年齡該忙的事情。

桑稚沒向桑延問過段嘉許，也從沒主動去聯繫他。她不知道他最後有沒有回家，也不知道他是不是還在那麼辛苦地兼職打工。

但她悄悄地買了一個存錢筒，悄悄地在裡面存了很多用不到的零用錢。也許之後也不會用到，但她偶爾又會覺得以後或許會用到。

國二的新學期開始。

開學的分班考，桑稚正常發揮，進了升學班。有一半的同班同學都換成了不認識的人，就連她最熟悉的殷真如也被分到別的班，跟傅正初在同一班。

換了班之後，殷真如沒怎麼再來找桑稚玩。

桑稚本身也不是多主動的性格，兩人的聯繫便越來越少。她本身也是比較獨來獨往的人，也沒太把這件事放在心上。

轉眼間，十月底一過，旭日國中開始籌備運動會，又到隔壁的南蕪大學去借場地。桑稚對運動的事情完全沒興趣，但班上的女生不多，她被老師強硬地要求必須報名一項比賽，桑稚只能心不甘情不願地報了個跳遠。

班上還特地花錢弄了套班服。這個班服是陳明旭設計的，按照他的品味，不接受任何反駁。中央的圖案是一朵盛大的向日葵，看起來很花俏，是桑稚見過最土的班服。

運動會那天，桑稚覺得丟臉，到學校才換上那套班服，然後跟著大家一起到附近的南蕪大學。

周圍沒有參加比賽的男生在看臺處圍成一團，開始打《三國殺》。桑稚在旁邊看了一會兒，聽到廣播說國二女生跳遠的要點名了，才跟班上的一個女生一起走到點名處。

除了場地，南蕪大學還安排了一堆志工給他們。比如現在，桑稚在點名處就見到了她的親哥哥。

桑延坐在點名帳篷下。見到她，他的唇角稍稍彎起，手裡的筆尖輕點著桌子，看起來有些惡劣：

「同學，妳不符合參賽資格，回去吧。」

桑稚忍氣吞聲地問：「哪裡不符合？」

「身高不夠。」

「我沒聽說過跳遠要求身高。」

桑延眼睛一瞥，身子往後靠：「那總不能連一百二都沒有吧。」說完，他側頭看向旁邊趴著睡覺的人，笑道：「你說是吧，兄弟？」

此時陽光正烈，帳篷底下雖陰卻不涼，悶熱的氣息無處不在。

桑稚的臉被烤得微微發紅，心情也有些浮躁，無法忍受他莫名其妙潑來的髒水。她沒注意到桑延之後跟旁邊的人說了什麼，更沒注意到趴著的那個人長什麼樣子。

「我哪裡沒一百二？」儘管桑稚覺得這句話並不用證實，但還是忍不住計較，「我都一五五了，哪裡沒一百二？」

「都一五五了？那這位同學，妳長得——」桑延不以為意，垂眼翻了翻名單，「還滿矮的。」

「……」

「好吧，妳以後得提前說啊，不然多容易被誤會。」

「……」

難不成她見到人就要說一句「我身高一五五了」嗎？

又沒什麼好炫耀的。

「自己看看衣服上的號碼跟名單有沒有對上。」接著，桑延又推了推旁邊的人，「別睡了，來幫個忙啊，兄弟。」

一直趴著的人動了兩下，這才把臉從臂彎裡抬起來。

桑稚順勢看過去。

男人的模樣睏乏，眼睛半瞇著，似是有些不適應這亮度。幾個月未見，他的頭髮長長了些，遮蓋住眉毛，睡得有些亂。膚色是冷感的白，唇色卻豔得像是染了胭脂。妖孽樣半分不減，越顯勾人。

段嘉許慢條斯理地坐了起來，身子往後靠，一副沒睡醒的樣子，他懶洋洋地應了聲：「嗯？」

桑稚盯著他看了兩秒，心臟重重一跳，忽地收回視線，裝作沒看到。她幫自己找了點事情做，按照桑延的話，在桌上那份名單上找著自己的名字和號碼。

○一五五。

桑稚低頭看了看自己胸前的號碼，而後對桑延說：「對上了。」

「妳這號碼還真有意思。」桑延悠悠地說，「好像怕全世界都不知道妳一五五似的。」

桑稚不高興：「這又不是我自己選的。」

聽到兩人的對話，段嘉許抬起低垂的眼，注意到桑稚以及她身上穿的衣服，他的眉毛一揚，睏意瞬間散去大半。然後，他突然笑出了聲。

桑稚聞聲看去，就見到他盯著自己身上的衣服，低著頭在笑，毫不掩飾。意味格外明顯，他就是在明目張膽地嘲笑她的穿著。

這個反應讓桑稚立刻想起她身上那件奶奶們大概也不願意穿的班服。她的耳根漸漸發燙，深吸了一口氣，惱怒地走到旁邊，隱隱還能聽到段嘉許低笑著說：「你妹妹的審美觀還真好啊。」

「……」

現在以大欺小還流行組隊了。

兩個老男人！

桑稚乾脆裝作不認識他們。她跟參加跳遠的同班女生待在一起，等他們對完選手的名字和號碼。

女生的名字叫岑蕊，性格比較文靜。此時她似乎是覺得有些無聊，便主動地問：「桑稚，妳認識那兩個哥哥嗎？」

桑稚勉強地點頭：「但不熟。」

「妳是怎麼認識的啊？」岑蕊好奇，「跟我們的年齡好像差滿多的。」

「我媽媽的朋友。」桑稚隨口胡謅。

「啊？」

「我媽喜歡跳廣場舞，他們經常一起跳。」桑稚說，「偶爾會請他們到我家吃飯，我就認識了。」

「廣場舞」、「經常一起跳」這幾個字像是一道巨雷劈到岑蕊的腦袋上，她不可思議地問：「妳是說廣場舞？就類似《美麗的七仙女》那樣的？」

桑稚面不改色地說：「是啊。」

「那還……」岑蕊的表情難以形容，擠出一句，「還滿潮的。」

「還可以啦。」她這個反應讓桑稚的心情瞬間舒坦，「這個年齡好像都喜歡跳這個。」

「……」

很快地，桑延喊她們這一堆人過去抽籤，安排比賽順序。桑稚隨手抽了一個，被安排到倒數第二個。

工作人員有三個，除了桑延和段嘉許，還有另一個女的。他們穿著統一的黑色短袖，還戴上統一的白色帽子。等點名完成之後，他們便帶著參賽選手到比賽的場地。

桑稚其實滿不敢相信的，雖然知道南蕪大學會有學生來當志工，但桑延和段嘉許會報名這件事情在她看來就是天方夜譚。她不想被他們兩個嘲笑，跟岑蕊走在最後面。

把她們帶到比賽的場地，工作人員的任務就完成了。

桑稚心情漸漸放鬆，祈禱著他們趕緊走。時間剛過十一點，陽光越加強烈，她蹲了下來，躲在旁邊人的影子下方。

沒多久，忽然有人往她腦袋上蓋了一頂帽子。桑稚被陽光刺得睜不開眼，下意識地把帽檐往上抬，仰頭。注意到面前的人，她的表情一僵。

視線一挪，她又看到旁邊還站著一個人。剛剛她祈禱的事情半點都沒實現，兩個人非但一個都沒走，現在還找上門來了。

段嘉許蹲在她面前，髮色在陽光下顯得淺。他稍稍歪頭，手臂放在膝蓋上，似笑非笑地說：「小桑稚今天穿得有點漂亮啊。」

桑稚不想理他。

桑延站在旁邊，手裡拿著不知從哪裡弄來的一台相機。下一秒，他對準桑稚拍了一張，陰陽怪氣地說：「可以去選美了。」

「哥哥！」桑稚瞪大眼，「你為什麼拍照？」

「爸媽叫我拍的。」桑延稍稍彎腰，把相機湊近了一些，「可以啊小鬼，今天穿得跟選美小姐似的。」

「我還沒說你今天穿得跟大力水手一樣，」聽著他話裡的嘲笑，桑稚立刻跳起來去搶他的相機，「不准拍！我平時好看的時候都沒看見你拍！」

「是這樣嗎？」桑延很有先見之明地把手舉高，虛心請教：「妳什麼時候好看，妳跟哥哥說一聲啊？不然哥哥不知情啊。」

「……」

桑稚還想跳起來，但立刻被他壓住了腦袋動彈不得。她覺得自己要炸了，可又被他壓制得動彈不得，無可奈何。桑稚忍著脾氣，識時務地道：「哥哥，我不搶了。」

桑延的手依然沒鬆開。

桑稚再接再厲地道：「你繼續拍吧，沒關係。」

她真的覺得太痛苦了，本來桑延去上大學對她來說就是一件謝天謝地、值得感恩戴德的事情，可是沒想到，她在上學期間居然還要忍受桑延的折磨。

像是沒聽見她的話似的，桑延的眼角稍微上揚，仍然保持著原來的動作：「我這不是在拍了嗎？」

「……」桑稚受不了了，威脅道，「你再這樣我要告訴爸爸了。」

「行啊，妳去告狀。」桑延無所謂地說，「離我回家還久得很呢。」

僵持片刻，段嘉許也蹲在旁邊看了片刻。沒多久，他站起來，把桑延的手從桑稚腦袋上扯開，話裡帶著調笑的意味：「能不能別欺負我妹了？」

桑延眉頭一皺。

雖然知道這個人沒比桑延好到哪裡去，但有大腿可抱，桑稚還是非常不要面子地躲到他身後，狐假虎威地說：「聽到沒有？我哥叫你別欺負我了。」

桑延盯著兩人看了好一陣子，覺得荒唐：「誰是妳哥？」

她理所當然地指了指段嘉許。

「好啦，兄弟。」桑延把手裡的相機放下來，似乎覺得這個交易很划算，表情變得愉快起來，「送你了。」

不知不覺中，輪到桑稚上場比賽了。運動方面，桑稚其實沒有一項是擅長的，但權衡之下，還是覺得跳遠比較輕鬆，所以她很乾脆地選了這個。

這還是桑稚第一次參加運動會的比賽。本來她是不覺得緊張的，想跳完就走。能不能拿到名次的事情，桑稚完全沒考慮過。

但現在莫名其妙多了兩個人看著她。

桑稚慢慢吐了口氣。

她站在助跑道上，往前看了眼起跳線，在心裡估算著大約要跑多少步。很快地，桑稚聽到裁判發號施令，開始往前跑。

跑到距離起跳線幾公尺前，桑稚的腳步停了一下，又繼續往前跑。像是怕壓到線，她用餘光掃了一眼，準確地站在起跳線前方，用盡全力往前跳。

世界安靜下來，周圍只剩下呼呼的風聲。過了幾秒，裁判拿著量尺過來量距離，神色仔細認真：

「〇一五五，第一次成績，〇點……〇點五公尺。」

「……」

桑稚隱隱能聽到旁邊的人在笑。她當作沒聽見，抓抓頭：「還要跳嗎？」

裁判：「再跳兩次。」

桑稚不太想跳了，但也不能破壞比賽規則：「喔。」

站在旁邊的段嘉許覺得好笑，肩膀微顫：「你妹怎麼回事啊？跑那麼快到起跳線前，然後停下來立定跳遠？」

「這小鬼警惕又膽小。」桑延把剛剛那一幕錄進相機裡，扯了扯唇角，「大概是怕跌倒。」

第二次桑稚依樣畫葫蘆，但倒是進步了點，這次跳了〇點八公尺。經過桑延身邊的時候，她聽到他似乎拍了一下掌，非常「貼心」地鼓勵道：「跳得還沒有我走一步的距離長。」

「……」

陳明旭剛好過來看比賽。看到桑稚這副毫不積極的樣子，他劈頭就教訓了她一番，並要求她最後一次必須好好跳。

就算跳遠能力不行，也得好好跳。態度決定一切。

在陳明旭和桑延的雙重刺激下，桑稚抿緊唇，也不知道是在跟誰較勁，決定這次一定要跳出一個好的成績，讓他們刮目相看。她調整著呼吸，慢慢地往前跑。

她到中段的時候開始加速，在距離起跳線五公分的位置跳起，落到沙坑上。然後，跟她腦補了千百遍的畫面一樣，一個沒站穩，桑稚的腳踝一扭，身子向前傾。她下意識伸手支撐，雙手蹭到沙子，隱隱作痛。

然後，整個人摔進沙坑裡。

旁邊立刻有工作人員過來，想將她扶起來：「沒事吧？」

桑稚痛得眼淚不受控地掉落，吸了一口氣卻沒哭出聲，勉強地說著：「沒、沒事。」

腳踝椎心似的痛，桑稚費了半天的勁都沒站起來。

這個情況讓所有人始料未及，桑延和段嘉許連忙跑過來，連在不遠處看著的陳明旭都跑了過來。段嘉許的距離更近些，他先跑到桑稚的旁邊，半蹲下來抓住她的手臂，但沒使勁：「站得起來嗎？」

桑稚開始後悔自己的逞強。比起疼痛，更讓她覺得無地自容的是在眾目睽睽之下摔了個狗吃屎。她低著腦袋，搖了搖頭。

桑延抓住她另一隻手臂，皺著眉說：「妳怎麼不繼續立定跳遠了？」

桑稚這才哭出來，委屈得要死：「你是不是嘲笑我？」

兩個人合力把她拉了起來。

桑延蹲了下來：「上來，去擦點藥。」

陳明旭在一旁看著，有些愧疚：「桑稚，妳沒事吧？老師不該跟妳說那樣的話，早知道妳就那樣跳了，重在參與……」

桑稚爬到桑延的背上，眼裡還含著淚，忍著哭聲說：「沒事……」

她的這個樣子讓陳明旭更內疚了。他轉頭想說點什麼，突然注意到站在旁邊的段嘉許：「桑稚哥哥？你怎麼在這裡？」

「啊，我想起來了。」陳明旭開始絮絮叨叨，「你上次好像跟我說你在南蕪大學讀書吧？實在抱歉啊，沒照顧好你妹妹……」說完，他又注意到背著桑稚的桑延，愣了一下：「這位是？」

桑稚的頭皮一緊，思緒瞬間飄到半年前的那次叫家長，疼痛在這一刻都顯得微不足道，巨大的心虛感和恐懼向她籠罩而來。

怎麼回答？如果說他才是桑延，才是她親哥，那所有的謊言都會被識破，她肯定會完蛋。

或者說他是她哥哥的朋友？

那為什麼是他揹著她？這樣很奇怪。

見到桑稚緊張成這樣，段嘉許也想到了什麼，剛想說話。

下一刻，桑稚勾著桑延脖子的力道收緊，像是要勒死他，又像是要堵住他接下來的話。她的腦袋空白，說的話完全沒經過大腦，自暴自棄地吐出兩個字：「爸爸。」

桑延立刻側頭，眼神格外難以置信。

疼痛和緊張又催化了桑稚的眼淚，啪嗒啪嗒地往下掉。她吸著鼻子，說話也有點哽咽：「老師，這、這是我爸爸……」

「……」

桑延被桑稚勒得有些喘不過氣來，脖子微微發紅。聽到這句話，他的嘴角抽搐了一下，像是被嗆到似的猛地咳嗽了起來。

「啊？」陳明旭沒反應過來，又看了看桑延的臉，表情瞬間變得很複雜，「桑稚，妳說這是妳爸爸？」

桑稚怕得要死，腦補了一大堆戳穿之後被所有人謾罵的畫面，對她來說堪比世界末日來臨。她現在超級心虛，不敢再吭聲，只是點了點頭。

一旁的段嘉許盯著桑稚的表情，忽然低下頭笑出聲。

小女生的眼睛又圓又大，覆著一層濕漉漉的眼淚，眼周一圈都是紅的，臉頰還沾到汙漬，看起來狼狽又可憐。她的這個樣子，把陳明旭想說的話都堵在嘴巴裡。

被桑稚說成「爸爸」的人跟「桑稚哥哥」站在一起，明顯是同齡人，還穿著一樣的工作人員服裝。但聽桑稚這麼一說，他和桑稚長得確實還有點像。陳明旭暗暗地想著。

雖然不知道她撒謊的原因是什麼，陳明旭也不忍繼續問，抬手摸摸自己已經開始禿了的腦袋：「先去處理一下傷口吧。」

學校在運動場的兩個角落搭了帳篷，底下坐著工作人員以及校醫，以防有學生意外受傷。

桑延勉強平復了情緒，面無表情地說：「好的。」隨後揹著桑稚往帳篷的方向走。

陳明旭在後頭拉著段嘉許說了幾句。因為有家長在，他也放心，之後便到別處去觀察其他學生的情況。

兩兄妹沉默地走在前面。過了幾十秒，段嘉許也跟了上來。

桑稚趴在桑延的背上，心臟一直提著，不上不下。她忍不住往段嘉許的方向看去，表情像是在求救。下一秒，桑延涼涼地開口：「妳剛剛叫我什麼？」

桑稚立刻收回視線，不敢說話。

「我是妳爸爸？」

「……」

「妳是摔到腿還是摔到腦子？」

本來因為摔跤了，渾身都疼，桑稚一句話都不想說。她剛剛逼不得已出聲應付完老師，心情才放鬆了一點點，現在又受到桑延的指責。她的喉頭一緊，鋪天蓋地的委屈感向她席捲而來：「你為什麼老是罵我？你罵我一整天了。」

在這一瞬間，桑稚覺得自己成了天下最可憐的人，她用力抿了抿唇，想忍住哭腔，但還是沒能忍住：「我要跟爸爸說……你走開，我不要你揹我了……」

聽出她的語氣，桑延立刻閉嘴。過了兩秒，他又道：「腳扭到了，我不揹妳妳怎麼走？」

「我自己能走。」桑稚踢著那條沒受傷的腿想要下來，「我要自己走，我不要你揹……」

桑延回頭，不耐煩地道：「妳能不能聽話一點？」

「我不要！」桑稚的眼淚還在掉，她盯著他，「我為什麼要聽話？你老是罵我，你今天一整天都在罵我……」

桑延的氣焰消了大半：「哥哥不是在跟妳鬧著玩嗎？」

這軟化的態度沒有半點用處，桑稚的情緒一上來，話都不經過大腦就往外冒：「你這麼不喜歡我的話，媽媽還沒把我生出來的時候，你怎麼不叫她把我打掉？」

桑延皺眉：「妳在說什麼啊？」

他的尾音上揚，音量也稍稍拔高，似是極為不贊同她的話。這語氣讓桑稚頓了幾秒，像是不敢相信一樣。她愣愣地看著桑延，過了幾秒才眨了一下眼，又掉出一大串斗大的淚：「你又罵我……」

桑延：「……」

離帳篷還有好一段距離，桑稚就像是要把這輩子的眼淚都流盡了。

段嘉許聽著兩人的對話以及桑稚從沒有過的哭聲，他抓抓眼下，忍不住叫了聲：「喂，桑延。」

桑延：「幹嘛？」

他走上前來看了桑稚一眼：「我來揹吧。」

聽到這句話，桑稚的哭聲減弱了些，抬頭看向段嘉許。這個反應給出的意思格外明顯，桑延稍稍側頭，非常尊重地問了一句：「妳要他揹？」

桑稚徹底止住哭聲，定定地看著段嘉許。

「……」

她雖然沒有給出肯定的回應，但這反應宛如被桑延揹著是多麼難以忍受的一件事情。桑延吐了口氣，忍著屈辱說：「好。」

說完，他一聲不吭地把桑稚放了下來。等桑稚站穩之後，段嘉許蹲下把她揹起來。桑稚趴在段嘉許背上，回頭看了桑延一眼，想說點什麼，但又因為還在生氣，很快就收回視線。

段嘉許調整了一下姿勢，盯著前方隨口問：「除了腳還有哪裡痛？」

桑稚吸著鼻子，小聲說：「手痛。」

「還有嗎？」

「膝蓋也有一點。」

「嗯，別哭了。」段嘉許說，「哥哥等一下幫妳擦藥。」

桑稚沉默地點頭。

這個角度，桑稚只能看到他的側臉。

剛剛段嘉許戴到她腦袋上的帽子因為比賽被她還了回去，此時又出現在他的頭上。兩人靠得很近，她還能聞到他身上散發著的淡淡菸草味。

太陽從另一個方向照射過來，他的半張臉露在光之下，頭髮染上點點光暈，嘴唇輕輕抿著。上半張臉在陰影之下，桃花眼微瞇，鼻梁挺直。五官輪廓分明，看不出情緒如何。

很快，像是注意到她的視線，段嘉許突然出聲喊她：「小孩。」

桑稚立刻收回視線，裝作自己什麼都沒做。沒等她回話，段嘉許又說：「把哥哥的帽子摘下來。」

桑稚乖乖地照做：「然後呢？」

段嘉許的語氣散漫：「然後戴到妳頭上。」

桑稚一愣。

似乎是注意到她的傻愣，段嘉許下意識地回頭。他看著她傻乎乎的表情，眉眼一抬，輕笑道：「不覺得很曬嗎？」

到了帳篷處，段嘉許把桑稚放到一把椅子上。受傷的人並不多，大多都是中暑的人。桑延把校醫叫過來，請她幫忙看看桑稚的傷。

校醫檢查了一下桑稚的腳踝，拿了冰袋和藥水過來，說：「沒什麼事，不嚴重。冰敷一下，然後噴點藥就好了。這幾天別再運動了。」

段嘉許看了一眼：「不用去醫院看看？」

「沒事，就是輕微扭傷。」校醫說，「不過以防萬一，去醫院看看有沒有傷到筋骨也行。」

桑延：「還是去看看吧。」

桑稚低頭看著自己微微發腫的腳踝，沒說話。段嘉許到旁邊拿了瓶生理食鹽水和碘酒，蹲到桑稚面前：「先處理一下別的地方，然後再去醫院。」

桑延走過去：「我來吧。」

桑稚這才開了口，賭氣般地說：「不行。」

「……」桑延盯著她，忍了下來，「好，我去幫妳倒杯水。」

見狀，段嘉許看向桑稚，挑著眉笑：「這麼信得過我？」

桑稚的眼睛還紅紅的，她又低下頭，把掌心攤平放到他的面前，支支吾吾地說：「我哥那麼沒耐心，會弄得我很痛。」

段嘉許只是笑了笑，垂下眼，慢慢地往她手上的傷口倒著生理食鹽水。

生理食鹽水的刺激性不強，傷口處只有小小的不適感，並不太痛。桑稚盯著他的動作，覺得還能忍受。像是在幫她分散注意力，段嘉許漫不經心地說著：「對了，剛剛妳跟妳老師說妳哥是妳爸。」

把她手上的傷口清洗乾淨後，段嘉許又把她右腿的褲管捲上去，處理著膝蓋上的傷口：「妳覺得他會相信嗎？」

桑稚想了想：「老師沒見過我爸爸。」

段嘉許：「嗯？」

桑稚：「那就沒有什麼值得懷疑的地方了。」

「……」段嘉許把瓶蓋蓋好，好笑地說：「妳哥就這麼老啊？他還跟我穿一樣的衣服呢。」

桑稚這才注意到這一點，表情瞬間僵住，過了半天才說：「那你剛剛怎麼不提醒我？」

段嘉許開始幫她擦碘酒，沒有說話。桑稚猶豫地問：「那如果老師問的話，我可不可以說你們穿的是親子裝？」

「……」段嘉許抬眼，意味深長地說：「小孩，妳有沒有良心？」

「啊？」

段嘉許淡淡地說：「哥哥對妳那麼好，妳還幫妳哥欺負我？」

桑稚頓了一下，沒聽懂：「我哪有欺負你？」

段嘉許當沒聽見。

桑稚眨著眼，有些不知所措，自己解釋著：「哥哥，我覺得我……我對你還……還滿好的吧？」

這次段嘉許有了動靜，把她腦袋上的帽子戴回自己的頭上。

桑稚：「……」

她忍不住說：「你還滿幼稚的。」

段嘉許淡淡地道：「嗯，還罵人。」

「……」桑稚瞪大眼，冤枉地說：「我哪有罵人？而且你這麼大的人了，我怎麼欺負你？你不要冤枉我。」

段嘉許：「把手伸出來。」

桑稚頓了一下，乖乖地伸手。他握著她的手腕，固定住，然後垂下眼眸，慢條斯理地在她掌心上的傷口塗抹著碘酒，卻完全不搭理她的話，彷彿真的生氣了。

桑稚訥訥地問：「哥哥，你怎麼不理我？」

「……」

貼了半天的熱臉都沒有用處，桑稚也有點不服：「你很會計較……」

見他瞬間看了過來，桑稚立刻改口道：「不是，是記仇……不對，就是……那什麼，你的記性還不錯。」

「記性不錯？」段嘉許的眼角微揚，他終於開始給她回應，「不是在罵哥哥記仇嗎？」

「你要這麼理解也不是不……」桑稚頓住，很沒骨氣地把話收回，「當然不是這個意思。」

「那是什麼意思？」

「就是誇你的意思。」

段嘉許站了起來，從旁邊拿了包濕紙巾撕開：「但哥哥不愛聽這個。」隨後，他微微彎腰，湊近桑稚，想把她臉上的汙漬擦掉：「說點別的來聽聽？」

因為這突如其來的距離，桑稚下意識地往後縮。

還以為她是不喜歡別人碰她的臉，段嘉許的動作一停，也不太在意，把濕紙巾遞給她：「臉上弄到髒東西了，自己擦乾淨。」

桑稚沒接過，又把身子往前傾，很理所當然地說了一句：「我看不到。」

段嘉許沒太在意，慢吞吞地幫她擦臉。等擦乾淨之後，他也沒立刻站直，反倒開口道：「小孩，妳覺不覺得——」

因為這個距離，桑稚有些不自在：「什麼？」

段嘉許歪了歪頭，慢條斯理地說：「我怎麼像是在伺候老祖宗一樣？」

桑稚看了他一眼，嘀咕道：「我也沒讓你幹嘛吧？」

不就塗個藥、擦個臉，又不是讓他做什麼多艱難的事情，怎麼就變成伺候老祖宗了？

那他的這個「祖宗」也太好伺候了吧。

「憑空多了個妹妹，妳親哥哥還跑掉了。」段嘉許站直，「小孩，妳自己算算，哥哥都幫妳多少忙了？」

桑稚頓了一下，忍不住說：「那你有事我也能幫你啊。」

像是覺得這句話很有趣，段嘉許坐到她旁邊，饒有興致地道：「嗯？妳要幫我什麼？」

「就……」只冒出一個字桑稚就停住了，完全想不到能幫他什麼。她抓抓頭，敗下陣來，只能傻乎乎地扯開話題：「我哥跑哪裡去了……」

段嘉許懶懶地說：「不要妳了吧。」

桑稚哼了聲：「我還嫌棄他呢。」說完，她想起剛剛的事情，開始憂愁：「我哥會不會很疑惑我在老師面前叫他爸爸的事情？而且他還聽到老師喊你『桑稚哥哥』。」

「嗯。」段嘉許說，「想必是猜到我冒充他去見妳的老師了。」

桑稚的頭皮發麻：「那怎麼辦？」

「能怎麼辦？」段嘉許嘆了一聲，「我們都要完蛋了。」

「……」被他這樣一說，桑稚也有點提心吊膽地說：「也不會吧，我等一下跟他說說，他也不會跟我爸媽說的……」

段嘉許：「妳不是不理他了嗎？」

「又不是我不想理他，是他總是要罵我。」說到這裡，桑稚的情緒開始低落，「平時就算了，我都跌倒了他還凶我。」

「妳覺得他不關心妳？」

桑稚抿了抿唇，沒點頭也沒搖頭。

「妳剛剛在老師面前說的話不是挺有意思的嗎？」段嘉許說，「妳哥聽到了，當然得多問幾句，這不也是關心嗎？」

桑稚悶悶地說：「那他不能溫柔點問嗎？」

段嘉許覺得好笑：「讓妳哥溫柔？妳這不是強人所難嗎？」

「……」好像有點道理。

桑稚不知道該說什麼，又看他一眼，很快就低下頭。

在這安靜的氛圍裡，說去幫她倒杯水，然後半天不見人影的桑延總算回來了。他手裡拿著兩瓶水，遞了一瓶常溫的給桑稚：「喝完去醫院。」

桑稚沒動靜。

桑延乾脆蹲到她面前，又朝她抬了抬手：「喝不喝？」

桑稚這才慢吞吞地接過，然後桑延扭頭看向段嘉許，問道：「傷口處理好了？」

段嘉許嗯了聲。

桑延把剩下那瓶水扔給他：「謝了兄弟。」

段嘉許靠著椅背，無所謂地笑了一下。過了幾秒，桑延在桑稚面前轉過身，說：「上來。」

桑稚覺得自己還在跟他冷戰，當作沒聽見。桑延回頭盯著她看了好一陣子才說：「妳『親哥』下午有課，沒時間送妳去醫院，只能讓妳『親爸』送。」

「……」

「快點。」

聽著這番話，桑稚下意識扭頭看段嘉許。

段嘉許也站了起來，翻出口袋裡的手機看了眼時間，隨口說了一句：「你不是也有課？」

這句話是他不打算去上課的意思。

「你記錯了。」桑延眼也沒抬，又對桑稚說，「快點上來。」

沒了段嘉許這個「大腿」，桑稚也不敢鬧太久的情緒，怕桑延真的不管她了，只能很沒骨氣地趴到他的背上。

段嘉許又把腦袋上的帽子戴到她的頭上：「好好聽妳哥的話。」

桑延揹著桑稚往操場的出口處走。

被桑延揹著走了十幾公尺後，桑稚忽然又回頭，往帳篷的方向看。

在距離帳篷不遠的地方，有個小男生奔跑時摔了一跤，桑稚看到段嘉許快步走過去把他扶起來。

距離不算近，陽光猛烈，她看不清楚他臉上的表情，只能看到他彎腰替那個男生拍拍褲子上的灰，氣質溫潤清朗，他彷彿是在笑。看上去，他就像是個從骨子裡就能透出溫柔的人。

桑稚的心情突然有些煩悶。

她本來還有些話想跟他說，想問問他能不能不要再叫她「小孩」。至少她覺得現在她已經不再像個小朋友了。

可是又好像沒必要，因為他們並沒有那麼多次見面的機會。而且，他好像不只是對她那麼好，他對所有人好像都是這樣的，溫和，卻又疏遠。

◇

桑延揹著桑稚走出操場，沉默地往校門口的方向走。

因為剛剛的爭吵，桑稚的心情有些複雜。她有一點點後悔，又不太願意拉下臉來跟他和好。此時桑延不吭聲，她也沒主動說話。

桑稚單手勾著他的脖子，另一隻手拿著水瓶，不知不覺思緒就飄遠了。她想起了小時候，他也經常這麼揹著她回家，好像是很久之前的事情了。

桑稚又想起了剛剛火氣一上來，脫口對他說的那句話。

但桑延在此刻突然出聲，打斷她的思緒：「我先不跟爸媽說了，他們現在在上班，跑回來一趟也挺麻煩的。」

桑稚：「喔。」

桑延淡淡地道：「晚點我再讓媽打個電話跟妳老師請假。」

桑稚沉默了幾秒，又喔了一聲。

出了校門，桑延攔了輛計程車，扶著桑稚坐進車裡。他跟司機說了一句「去附近的醫院」，又轉頭跟桑稚說：「把安全帶繫上。」瞥見桑稚的手心有傷，他便自己湊過來幫她繫上。

桑稚忍不住說：「你怎麼不繫？」

桑延扯了一下唇角：「我嫌勒著不舒服。」

桑稚：「那我也嫌勒著不舒服。」

桑延已經坐了回去，不太在意地說：「那妳就不舒服吧。」

「……」

車內又陷入沉默。過了好一陣子，桑延突然丟了條軟糖過去：「吃糖。」

糖恰好落到桑稚的大腿上，她下意識地垂下眼，沉默地看著那條軟糖，拿了起來。她的口味跟桑延有點相似，他們都很喜歡吃這個牌子的軟糖。

裡面有九顆，向來是她拿五顆，桑延拿四顆。

桑稚又看向桑延。他沒往她的方向看，目光盯著窗外，看起來有點累。這突如其來的糖像是他在讓步，又像是在表達歉意——家人之間那難以說出口的歉意。

半晌，桑稚忽然問：「哥哥，你剛剛是去買糖嗎？」

「才不是。」桑延的眼皮半閉著，看都沒看她一眼，「順手拿的。」

桑稚沒說話，低頭把包裝紙撕開，把裡頭的九顆軟糖都倒出來。隨後，她拿起四顆，傾身湊到桑延旁邊，把糖放進他的手心。

桑延的手指動了動，但他又像是沒注意到那樣，依然保持著原來的動作。過了幾秒，桑稚又從自己的那五顆裡拿了兩顆給他。

她也跟他用了同樣的方式，在用這兩顆糖來傳達自己的話。

一顆在說謝謝。

另一顆在說，對不起。

兄妹之間的爭吵來得快，去得也快。

桑稚的脾氣一過，她也不再保持沉默，憋了半天的話在此刻全部說了出來：「本來你就有不對，我一去那裡你就說我矮，嘲笑我穿的衣服，還說我跳遠跳得不好。」

桑延冷笑：「我天天被妳說醜我說什麼了？」

「那不一樣。」

「哪裡不一樣？」

「我說的又不是假的。」

「……」桑延懶得理她了。

桑稚趴在窗戶上，往外看了好一會兒，很快便無所事事地喊：「哥哥。」

桑延沒回應。

桑稚：「你今天怎麼去當工作人員了？」

「……」

「你是不是想多參加點活動？」桑稚想了想，「然後多認識幾個女生，提高脫單的機率。」

桑延的額角抽了一下。

「那哥哥，我覺得你還是別浪費時間了。」

「閉嘴。」

「你應該好好念書，多賺點錢。」

見她沒完沒了，桑延被煩到不行，皺著眉說：「我就去當個志工，妳哪來那麼多話？」

桑稚把脖子縮了回去，嘀咕著：「我問問也不行喔。」

「平時怎麼沒見過妳這麼關心我？」

「我平時沒見到你啊。」桑稚理所當然地說，「現在難得見一面，就關心一下，意思意思。」

這小鬼一提起興致，怎麼說都沒用。桑延吐了口氣，應付般地說著：「缺人。陳駿文是體育組組長，就把我們宿舍另外三個人的名字都填上去了。」

得到了答案，桑稚總算停了下來。她的嘴唇動了動，有點想問段嘉許的事情，但她猶豫了很久，還是一個字都沒問。

過了一會兒，桑延忽地出聲：「女兒？」

桑稚立刻看向他，神情疑惑。但他似乎不是在跟她說話，半闔著眼：「段嘉許是妳哥？」

桑稚表情古怪地看他：「你幹嘛？」

桑延摸摸下巴，繼續自言自語：「也滿好的。」

「……」有病。

去醫院檢查之後，她確實沒什麼大礙。重新處理完傷口後，桑延把桑稚送回家，等到黎萍回家後便回學校去了。

運動會結束便迎來了週末。桑稚在家休息了兩天，走路依然不太順暢。可桑榮和黎萍都要上班，他們就想到了正處於大三階段，各方面都閒得要死的桑延，又讓他做起桑稚上三年級之前的事——每天接她放學回家。

一開始桑稚還不太樂意。但後來她發現桑延似乎比她更不樂意，每次來接她時都頂著一張臭到發黑的臉，她又開始樂意了。

週四放學那天，因為桑延五點之後才有空，桑稚像往常一樣待在教室裡寫作業。周圍還有一半的同學沒走，在打掃教室。沒多久，突然有人喊她：「桑稚，有人找妳。」

桑稚立刻從作業堆裡抬起頭，意外地看到有段時間沒見的殷真如站在門口。她眨眨眼，起身走了過去：「妳怎麼來了？」

殷真如這才注意到她的腳：「妳的腳怎麼回事？」

「扭到了。」

「怎麼那麼不小心？」殷真如皺眉，「痛嗎？」

桑稚搖頭：「不怎麼痛了。」

兩人好一段時間沒說過話，現在感覺有點陌生。殷真如抓抓頭，安靜片刻後才猶豫地說：「桑稚，妳能不能陪我去個地方？」

桑稚愣了一下：「啊？」

「就是，我有點事……」殷真如像從前那樣，搖著她的手臂撒嬌，「妳就陪我去吧，我一個人不方便去。」

「去哪裡？」桑稚說，「我還在等我哥。」

「妳哥來幹嘛啊？」

「接我回家。」桑稚老實地說：「因為我的腳受傷了。」

殷真如：「我看妳自己走也可以啊。」

桑稚沒說話。

「走嘛。」殷真如又晃晃她的手，「我又不會帶妳去什麼地方，我就無聊而已。我們去附近吃點東西啊。」

桑稚盯著她看了好一陣子，才慢慢地點頭：「我先跟我哥說一聲。」

桑稚回到座位上，從書包裡翻出自己的手機，正想打通電話給桑延時，那頭剛好打了過來。她接起電話：「哥哥。」

桑延：『妳出來沒？』

「還沒。」

『妳晚點再出來。』桑延說，『我今天有點事。我叫段嘉許去接妳了，他五點半才下課，妳再等一下。』

這話來得意外，桑稚到嘴邊的話又收了回去。她抬眼看看掛在牆上的時鐘，此時才剛過四點半，距離五點半還有一個小時。

有不受控的小期待在心頭發酵，摻雜著幾絲莫名的緊張。但很快，想到剛答應了殷真如的事情，她的心臟又像是開了一個洞，讓所有情緒都一一洩漏而出。

桑稚說不出拒絕的話，但又覺得出爾反爾不好，往殷真如的方向看了眼，模樣極為猶豫。遲遲等不到她的回應，桑延又開口問：『聽到沒有？』

桑稚慢慢地啊了聲，彷彿沒聽清楚一樣。桑延勉強耐著性子重複了一遍：『我說，段嘉許等一下會去接妳，五點半左右。他到時候應該會打電話給妳，妳先在班上寫作業吧。』

桑稚：「五點半？」

桑延：『嗯。還有，今天給我老實點，別給人惹麻煩。』

「……」

桑稚正想反駁，桑延又冒出一句『好了，我現在很忙。』隨後便毫不留戀地掛了電話。話筒裡傳來機械的嘟嘟聲，桑稚把手機放了下來，無言地看著螢幕。她把手機放下，忍氣吞聲地開始收拾書包，揹上之後便一瘸一拐地走到門口。

殷真如過來挽住她的手臂。

走了一段路，想起之前的事情，桑稚狐疑地問：「妳不會又要帶我去找傅正初吧？」

「啊？」殷真如一愣，連忙擺了擺手，「不是啊，我也很久沒跟他玩了。他最近像是換了個人似的，一天到晚都在念書。」

「不是就好。」殷真如沒騙過她，桑稚也沒懷疑，只是補充了一句，「那我陪妳去吃點東西。但五點半的時候，我得回來找我哥。」

殷真如說的附近就是學校的後街，從南蕪大學走出去的一條巷子裡。裡面有不少小攤位和店鋪，她們兩個以前也去過幾次。這樣一來一回，一個小時也差不多。

殷真如沉默幾秒，點點頭：「好。」

兩人下了樓。

桑稚因為腳傷的關係，走得有些慢，一隻腳踩住階梯，另一隻再踩上，才繼續走下一階。她沒讓殷真如扶，自己扶著扶手慢吞吞地走。

以前話很多的殷真如，不知為何，今天話格外少。桑稚主動提了個話題：「妳今天怎麼突然來找我了？」

「嗯？」殷真如似乎是在想事情，反應有些遲鈍，「我很久沒找妳了嗎？唉，因為分班了嘛，然後我認識了幾個新朋友，就沒什麼時間找妳。我改天介紹你們認識啊。」

她的人緣向來好，桑稚沒太在意：「沒關係，我問一下而已。」

殷真如：「就有點想妳了嘛，所以來找妳玩。」

桑稚點頭，唇角彎了起來，唇邊有個梨窩陷進去。雖然她說不出什麼肉麻的話，但聽到朋友這樣說也很開心。

走到校外，兩人左轉直走，再左轉。

一路上她們有一搭沒一搭地聊著天，說的大多都是最近班上的事情。見殷真如總心不在焉的，桑稚說話也覺得有些沒意思，忍不住問：「我覺得妳今天好像有點奇怪。」

殷真如立刻抬起頭：「怎麼了？」

桑稚：「妳是不開心嗎？」

殷真如：「沒、沒啊。」

「我感覺妳話好少。」

「是嗎？」殷真如揉了揉鼻子，「可能有點睏吧。」

「妳昨天熬夜了？」

「嗯。」

兩人走到後街，桑稚看看附近的店鋪，隨口問：「妳想吃什麼？我們去點份雲吞？」

殷真如沒回應，反問：「桑稚，妳今天帶錢了嗎？」

聽到這句話，桑稚慢慢地低頭，從口袋裡翻出一張紙幣：「帶了一百塊，夠了吧？」

殷真如忽地低下頭，語氣似乎帶點羞恥和內疚，她往另一條巷子指了指：「我不想吃雲吞，我們去那邊吧。」

桑稚順著她指著的方向看去。巷子裡有點黑，那邊的人也少，巷口站著幾個在抽菸的少年。

見狀，她停住腳步，不解地問：「去那邊幹嘛？我沒去過那邊，而且那邊看起來不像有吃的東西。」

「就是——」殷真如的表情有些急了，「我不想吃東西了，我想去網咖。」

桑稚傻住，顯然沒想到會聽到這兩個字：「網咖？」

殷真如有些難堪地應了聲：「對。」

桑稚提醒她：「殷真如，網咖沒成年進不去，要身分證的。」

殷真如：「那家可以進去。」

「那不就是違法網咖嗎？」

「對。」

「不行。」桑稚皺眉，拒絕了她，「妳去網咖幹什麼？」

「我想玩遊戲……」殷真如苦著臉，「我最近成績變差了，我爸媽都不讓我碰電腦了。」

「那也不能去違法網咖。」

殷真如扯著她的手：「妳就陪我去嘛，我一個人不敢進去。」

「不行，我爸媽不讓我去那些地方。」桑稚雖然有點任性，但該聽的話還是會聽，她毫不退讓，「妳想玩可以去我家玩。」

殷真如搖頭：「那個遊戲得下載好久。」

桑稚：「那我今天回去幫妳下載，明天妳來我家玩。然後妳好好念書，提高成績之後，妳爸媽就會讓妳玩了。」

「反正都來了。」殷真如的眼神飄忽，「妳今天就陪我去一次嘛。我只去這一次，以後都不會去了，行嗎？」

桑稚盯著她，沒吭聲。

兩人僵持半晌。

說半天她都不同意，殷真如生氣了，自顧自地往巷子走，提高音量說：「那算了，我自己去。妳回家去吧。」

站在巷口的少年們只是掃了她一眼，也沒有別的舉動。

桑稚有點不安，但又怕她出什麼事情，捏捏書包背帶，硬著頭皮跟了上去：「殷真如，妳不要去啦。」

巷子裡的光線暗，裡面沒有燈，道路略窄，有垃圾堆在一邊，顯得又髒又亂。

桑稚走路的速度沒殷真如快，叫了好幾聲，殷真如才停了下來回頭看她。她往周圍看了看，完全不想繼續待在這裡：「妳別鬧了，我們回去吧。」

沒等殷真如說話，桑稚看到有幾個人從旁邊的房子裡走出來。是三個女生，穿著高職的校服。領頭的女生頂著一頭酒紅色頭髮，臉上抹著濃妝，看不出原本的模樣。她的校服上還畫滿各種怪異的圖案，手裡拿著根菸，她吐著煙圈對殷真如說：「怎麼這麼晚？等妳半天了，小妹妹。」

殷真如慢慢轉頭，怯怯地說：「老、老師今天找我……」

「這樣啊，我還以為妳跑了呢，還打算明天去妳學校找妳玩玩。」紅頭髮女生說：「跟妳爸媽要錢沒？」

「姊姊，我真的沒錢，我爸媽不給我……但、但是，我朋友帶了錢……」說到這裡，殷真如回頭看向桑稚，懇求說：「桑稚，妳不是帶了錢嗎？」

桑稚瞬間意識到了什麼，看向殷真如，眼珠子黑漆漆的，看不出情緒。殷真如不敢跟她對視，立刻別開眼。

聽到殷真如的話，紅頭髮女生才注意到站在殷真如後面的桑稚，流裡流氣地走了過去：「帶了多少錢啊？」

桑稚抿抿唇，從口袋裡拿出那張一百元。

紅頭髮女生接過：「只有這些？」

桑稚點頭。

紅頭髮女生嘖了兩聲：「小妹妹，妳有沒有這麼窮啊？」

站在她後面的兩個女生猛地笑了起來：「好像還是個瘸子呢。」

「小瘸子。」她瞬間改了口，用夾著菸的手往桑稚臉上拍了拍，笑道：「妳沒錢，妳爸媽總該有吧？借一點給姊姊花花？」

怕被菸蒂燙到，桑稚不敢動，慢吞吞地嗯了聲。

紅頭髮女生這才收回手，輕聲說：「那明天放學之後過來這裡找我。對了，敢告訴老師、家長的話，姊姊就每天都去妳學校找妳玩喔。」

桑稚頓了兩秒，又嗯了一聲。

紅頭髮女生這才滿意地往回走，經過殷真如身邊時，用力扯了扯她的頭髮，冷笑道：「妳明天也給我帶錢來，別拿妳爸媽不給的話應付我，偷也得給我偷到。」

殷真如的身體順著她的力道往後傾，發著抖，她話裡帶了哭腔：「姊姊，不要打我……我明天一定給妳……」

恐嚇完之後，三個女生有說有笑地當著她們的面說了好些話，過了半晌才走出巷子，留殷真如和桑稚站在原地。

桑稚看向殷真如，面無表情地說：「妳認識她們？」

「我昨天去網咖時遇到的。」殷真如開始掉眼淚，「桑稚對不起，我真的太害怕了……我零用錢都用完了，我爸媽也不多給我，我不知道怎麼辦好……」

她沒回應，轉頭往巷口的方向走。

殷真如急了，連忙跟上來：「妳別生我的氣，反正給她們錢就好了，她們應該也不會傷害人……等放假，放假之後就沒事了……」

「……」

「桑稚……」

桑稚忽地轉頭，問道：「妳是被她們勒索了嗎？」

殷真如可憐兮兮地點頭。

「那妳為什麼叫我過來？」桑稚明顯動了氣，聲音隱隱冒火，「妳應該告訴妳爸媽或者告訴老師，妳為什麼叫我過來？」

「妳剛剛不是聽到她們說的話了嗎……」殷真如被她凶得一愣，嗚咽著說：「我要是告訴爸媽，她們會天天來找我，我不敢……」

「……」

「而、而且……」殷真如的聲音變得含糊不清，「妳家不是滿有錢的嗎？」

被背叛的感覺強烈地湧上心頭，桑稚盯著她，一時之間一句話都說不出來。她沒再說話，沉默地走出了巷子。

殷真如抹著眼淚，提心吊膽地跟著她。

半晌後，桑稚說：「妳以後別再來找我了。」

殷真如又開始哭：「桑稚……」

「妳不用聽她們嚇妳。」桑稚平靜地說，「回家之後就告訴妳爸媽，他們總不可能不管妳，那幾個人看起來也沒比我們大多少，沒什麼好怕的。」

「……」

殷真如低下頭，不知有沒有把她的話聽進去。說完之後，桑稚也沉默了片刻，然後才說：「那我走了，再見。」

殷真如沒再跟上來。

桑稚不敢繼續待在那一區，走路的速度加快了一些，直到走到平時熟悉的牛雜店附近才停下來。她發了好一會兒的愣，有些茫然，忽然想起了段嘉許。

桑稚的精神一振，猛地從書包裡翻出手機，這才發現已經六點多了。

段嘉許打了十幾通電話給她。

讓他等了好一段時間，桑稚開始提心吊膽，怕被罵，也怕他生氣。正想打回去，他剛好又打了一通電話過來，她連忙接了起來。

似乎沒想到這次她會接起來，電話那邊的人明顯頓了好幾秒，才出聲問：『桑稚？』

桑稚乖巧地嗯了聲。

段嘉許鬆了口氣：『妳跑哪裡去了？妳哥沒叫妳在學校等我嗎？』

桑稚：「在陳記雲吞旁邊，我哥說了。」

安靜幾秒，段嘉許說：『妳在那裡等我。』

幾分鐘後，段嘉許出現在雲吞麵館的門口。他似乎是跑過來的，額間冒著細細的汗，臉也染上幾分紅，表情難得半分笑意不帶。看到桑稚一點事都沒有，他的眉間稍微鬆開，但很快又擰了起來。

桑稚主動喊人：「哥哥。」

段嘉許語氣淡淡的：「妳剛剛跑去哪裡了？」

桑稚猶豫了一下，老實地指了指剛剛去過的那條巷子。

「那邊？」段嘉許看過去，視線停了一下。他重新看向她，像是覺得不可思議般氣極反笑：「網咖？」

「……」

「誰說妳可以去的？」

桑稚盯著他看，不敢吭聲。

段嘉許的胸腔微微起伏，像在按捺著脾氣：「電話也不接？」

「……」

「妳不想要我來接妳的話，就跟妳哥說。」段嘉許停頓了一下，直勾勾地盯著她，桃花眼忽地一斂，唇角彎了起來。他的聲音壓低，語氣又變回平時那般吊兒郎當的調子，卻莫名像是帶了尖銳的刺：「妳知道哥哥窮，也沒那麼多時間。」

桑稚這才開口：「我沒……」

她不安地抓住書包，遲疑著要怎麼跟他說剛剛的事情。她不太想麻煩他，也怕他會覺得自己蠢，那麼容易就被騙到那邊去。

見到桑稚看上去似乎很慚愧，段嘉許的火氣才稍微消散了一點，但他還是收起笑意，面無表情地說：「知不知道妳哪裡做錯了？」

「……」

「嗯？」

「……」

他的語氣刻意加重了些：「說話。」

桑稚從沒見過段嘉許生氣的模樣，此刻莫名地聯想到了以前桑延闖了禍，桑榮準備打他之前教訓他的語氣好像跟現在段嘉許的語氣一模一樣。

她的腦子裡瞬間冒出一句話。

『小孩子不聽話，打一頓就好了。』

桑稚猛地把手背到身後，膽怯地往後退了一步。

她的動作很大，又來得突兀，看上去有些莫名而怪異。段嘉許愣了一下，還沒反應過來她這是什麼意思，緊繃的表情也出現了破綻。

下一秒，桑稚吞吞口水，小心翼翼地說：「哥哥，對不起。」

小女生的語氣膽怯又緊張，似乎是真的被嚇到了，段嘉許的火氣漸消，他想說點什麼時，又聽到她語出驚人地冒出一句：「你不要打我。」

「……」

「我們……我們講道理就好。」桑稚又退了幾步，不敢湊得太近，「我這次會聽的，我知道怎麼講道理了……」

「……」

天色漸暗，一旁的路燈還未亮起，顯得段嘉許的眸色更加深沉。他定定地看著桑稚，嘴唇緊閉，看不太出來情緒如何，也沒有其他的舉動。

這樣的安靜像是暴風雨前的平靜。桑稚緊張又憂心忡忡地補一句：「我爸媽都沒打過我。」

段嘉許不以為然地說：「我打妳？」

桑稚看他一眼，不動聲色地鬆了口氣：「不是嗎？」

段嘉許笑道：「我說不是了嗎？」

「……」

段嘉許的眼神一掃，突然注意到桑稚乾淨的校服上有個格外顯眼的痕跡，位置就在領口旁邊，很明顯是被菸灰燙出來的。段嘉許的目光一頓，他以為是自己看錯了，緩緩湊近了點。

桑稚卻以為他是真的要教訓她，緊抿著唇，神色忌憚。她認命地把藏在身後的手攤平，怯怯地放到他的面前。

段嘉許的喉結滾動了一下，他指著她的衣領：「怎麼弄的？」

桑稚一愣，順著他指的方向看，這才發現衣服上被燙出了個痕跡。她下意識地用指腹抹了一下，抹不掉。

「小孩，」段嘉許低聲問，「有人欺負妳？」

桑稚遲疑地點頭。

段嘉許的臉色瞬間變得不太好看，他下意識檢查她身上有沒有傷口，皺著眉說：「怎麼不告訴哥哥？」

「我不想麻煩你。我哥也叫我老實點，別給你惹麻煩。」桑稚慢慢地說：「我沒有要瞞著，回去會跟我爸爸媽媽說的。」

段嘉許耐著性子問：「有沒有打妳？」

桑稚想了想，搖頭：「就拍了拍我的臉，拿了我一百塊錢，然後叫我明天拿錢去給她們。」

「妳怎麼會跑去那裡？」

「我朋友叫我去的。」想起殷真如，桑稚的心情又變差了，音量隨之小了些，「她覺得害怕，就叫我一起去。」

段嘉許的話裡帶了幾絲疑惑：「她怎麼不告訴爸媽？」

「因為那些人說，告訴爸媽就會天天要來我們學校找我們。」他問什麼，桑稚就答什麼，「所以她不敢告訴家長。」

聞言，段嘉許半蹲了下來，與她平視，然後突然冒出一句：「把手伸出來。」

他明顯不是要給她什麼東西的樣子。桑稚狐疑地看著他，沒動，半晌後才伸出手。

段嘉許抬手，猝不及防地打了一下她的掌心，力道輕輕的，反倒像是在跟她擊掌。

桑稚立刻縮回手：「你幹嘛？」

段嘉許懶懶地回：「打妳。」

「……」

「小孩，聽好了。以後誰再騙妳去不安全的地方，就算是再好的朋友，妳也不能去。」段嘉許站直身子，揉揉她的頭髮，「聽到沒有？」

桑稚委屈地說：「那你也不能打人啊。」

「嗯？怎麼不能打人？」段嘉許低笑了聲，「妳要是不聽話……」

桑稚的神情警惕。

他拉長音調，語氣帶了幾分故意：「哥哥見妳一次，打妳一次。」

「……」

見時間不早了，兩人也沒繼續待在原來的地方。

「這次膽子還滿大的啊？」段嘉許扶著她的手臂慢慢走出這條巷子，「被欺負也沒哭得一把眼淚一把鼻涕的。」

桑稚無所謂：「反正沒弄痛我。」

「妳朋友跑去哪裡了？」

「不知道。」

段嘉許：「妳這個年紀大概也懂一些事情了。如果這個朋友對妳不好，是壞朋友，以後妳就不要跟她來往了。」

桑稚默默地點頭。

「回去記得告訴妳爸媽。」段嘉許說，「以後遇到別的事情也都不要瞞著，他們都會保護妳的。」

「知道了。」

見她似乎聽進去了，段嘉許也不再提這些，問道：「妳哥來接妳時，妳們是怎麼回家的？」

嘴裡的「坐計程車」兩個字還沒說出來，桑稚倏地想起他在打工賺錢的事情，立刻把話吞回肚子裡，改口說：「坐公車。」

「坐公車？」段嘉許挑眉，「妳腳這樣不怕被人踩到？」

桑稚支支吾吾地說：「不會。」

他們走出巷子，走向公車站所在的那條路，經過南蕪大學的校門口，人明顯多了起來，大概都是外出吃晚飯的大學生。

段嘉許似乎不相信她的話，打算在路邊攔輛計程車。很快地，有個段嘉許認識的男生騎著腳踏車路過，嬉皮笑臉地跟他打了聲招呼：「學長好。」

段嘉許忽地喊住他：「林海。」

男生剎住車：「啊？」

「腳踏車借我一下可以嗎？晚點還你。」

「好啊。」林海很爽快地下了車，瞥見他旁邊的桑稚，好奇地問：「學長，這是你妹啊？」

段嘉許嗯了聲。

「小妹妹妳好啊。」林海朝她擺擺手，往校門口的方向跑，「那學長，我先走了啊！我女朋友在等我呢！」

「去吧。」段嘉許漫不經心地拍拍後座上的灰塵，側頭對桑稚說，「小孩，哥哥載妳回家？」

桑稚絲毫不猶豫，往他的方向踏了一步。

段嘉許的唇角微彎，他調笑道：「這麼開心啊？」

「……」

「還偷偷笑。」

桑稚下意識地摸摸自己的唇角，根本沒上揚，想反駁什麼時段嘉許已經騎上單車，轉著身，含著笑意催促她：「上來吧。」

「……」不要臉。

因為他的話，桑稚覺得有些不自在，慢吞吞地坐了上去，雙手侷促地抓在後座的兩側。

等她坐好了，段嘉許的兩條腿還撐著地，沒有多餘的動靜。

桑稚提醒道：「哥哥，我坐好了。」

聞言，段嘉許回過頭，盯著她問：「小孩，妳的手不見了？」

這什麼話？

桑稚納悶地把手抬起來：「哪裡不見了？」

「那還不扶著哥哥啊？」段嘉許抓住她的手腕放在自己的腰際，「藏起來幹嘛？」

桑稚的呼吸一滯。手上的力道立刻鬆了點，改成抓住他的衣服。

段嘉許開始踩踏板。

單車慢慢往前行駛，速度漸漸加快。

夜晚的氣溫比白天低了不少，風聲也大，刮到耳邊，呼嘯的聲音灌進耳朵裡，拍打著耳膜。夜色彌漫，鼻子裡撲來清甜的花香，夾雜著男人身上散發出來近似橘子汽水的味道，像是帶著蠱惑。

桑稚有點分不清耳邊的到底是風聲，抑或其實是她心跳的聲音。

沉默了好一段路，桑稚漸漸平復了心跳。她覺得無聊，就主動開口跟段嘉許說話：「哥哥，我哥去哪裡了？」

段嘉許：「好像是陪人去面試了吧。」

「啊？」桑稚想了想，「是找工作的那個面試嗎？」

「嗯。」

「我哥現在不是才大三嗎？怎麼就開始找工作了？」

「實習。」段嘉許說，「只要不影響上課，想什麼時候實習都行。」

桑稚喔了一聲，盯著段嘉許被風吹得發鼓的黑色T恤，小聲地問：「那哥哥，你不去實習嗎？」

「嗯，我這學期還有課。」

「那你打算什麼時候去實習？」

「下學期，或者等大四吧。」

「就在學校附近找嗎？」

「不是。」段嘉許轉了個彎，隨口說：「回家那邊找。」

「……」

風被涼氣滲透，拍在她的臉上。桑稚愣了好一陣子，心臟有點發空，訥訥地嗯了一聲，又問：「哥哥，你以後不打算待在南蕪這邊嗎？」

「嗯。」段嘉許淡淡地笑，「哥哥得回家啊。」

桑稚：「喔。」

過了一會兒，桑稚又問：「哥哥，你打算什麼時候回家啊？」

「嗯？妳今天怎麼有那麼多問題啊？」但他似乎也沒不耐煩，又慢條斯理地回道：「看情況吧。還沒想好。」

怕惹他不開心，桑稚小心翼翼地問了最後一個問題：「過年前回去嗎？」

段嘉許：「不回去。」

「……」

怎麼過年也不回家……桑稚有些納悶，但她不敢再問。

不知不覺到了桑稚家樓下，段嘉許停下車子，轉過頭看她，問道：「能自己上去嗎？」

桑稚點頭，說了一句「謝謝哥哥」，隨後便一拐一拐地往大門的方向走。

沒走幾步，段嘉許便叫住她：「等一下。」

桑稚停下腳步回頭，就見到段嘉許走到她面前，彎下了腰。

旁邊的路燈被茂密的葉子遮住大半的光，視野變得有些暗。桑稚感覺到他似乎往她口袋裡塞了什麼東西。她正想翻出來看的時候，段嘉許抬手捏捏她的臉，轉移她的注意力，又提醒了一次：「回去記得告訴妳爸媽。」

「喔。」

她到家時恰好是吃晚餐的時間。

桑稚在飯桌上跟父母提起這件事情，把兩人嚇了一跳。

黎萍立刻去聯繫老師，桑榮則問了她一些細節，並溫和地安撫她的情緒，叫她不用害怕。

桑稚確實也不害怕，頻頻點頭。吃完飯便回去房間，她剛把作業翻出來，突然想起剛剛在樓下發生的事情，下意識地摸摸口袋。

好像是一張紙？

桑稚拿出來一看，是一百元。

看起來有點舊，四角都是褶皺，很明顯不是她的。但口袋裡多了這一張紙鈔，就彷彿她今天沒有被勒索，沒有被人搶了錢。

彷彿什麼壞事都沒有發生，他像是在用這種方式，非常純粹地安慰她。

桑稚看了好一會兒，猛地跳到床上，把自己捲進被子裡，感受著被子中的空氣一點點被抽去。直到臉憋得通紅，她才把頭探出來，盯著天花板，莫名笑出聲。

隨後，桑稚爬起來，把那張紙鈔攤平，壓進自己的塗鴉本裡。隨後她又從書包裡拿出手機，找出段嘉許的號碼，注意到他的號碼所在地是宜荷市，好像不在附近。

桑稚聽過這個地方，但沒去過。她思考了一下，上網查了一下南蕪到這個城市的距離，就算是坐飛機過去也需要三個小時。

有點遠。

桑稚猶豫了一下，又搜尋了宜荷市的大學，翻來覆去好一會兒才煩躁地趴到桌子上。注意到旁邊的星星紙，她隨手抽了一張，坐直，心不在焉地在白色的那一面寫字——

『我以後不跟殷真如玩了。2009.11.05』

她快速地將這張紙折成一顆星星，丟入那個牛奶瓶裡，然後又抽出一張，這次寫字的速度減慢，落筆極為遲疑。

良久後，那個記載了她生活片段的瓶子又裝進她青春期裡最大的一個祕密——

『雖然不太想承認，但我好像真的喜歡上一個人了。2009.11.05』

她喜歡上她哥哥的朋友，一個比她大七歲的男人，在她情竇初開的年齡。

◇

第二天放學，桑稚一樣在教室寫作業，等桑延過來接她回家，這次卻不像平常一樣要等到五點，四點半一過，桑稚就見到了桑延的身影。

桑延還帶了他的兩個室友過來。一個是段嘉許，另一個是陳駿文，像要來接她湊足一桌四人，去打麻將。

桑稚快速地收拾著東西，湊到桑延旁邊，用眼角餘光偷偷看著段嘉許，然後很快收回視線，小聲問著：「哥哥，你今天怎麼還帶別人一起來了？」

桑延瞥她一眼：「昨天勒索妳的那些人不是叫妳今天過去嗎？」

桑稚點頭：「怎麼了？」

「帶路。」

想到昨天的那三個女生，又看看面前這三個人高馬大的男人，桑稚有點無奈：「不要去啦……」

「小鬼，」桑延用力捏她的臉，「在我的字典裡沒有被欺負還忍氣吞聲這幾個字，懂嗎？」

陳駿文在旁邊附和：「沒錯！」

段嘉許只笑著。

桑稚瞪了他們三個一眼：「喔。」

桑稚默默地帶著他們走到那條巷子的巷口。

桑延：「小鬼，那些人長什麼樣子？妳別進去了。」

桑稚：「三個女生。」

「……」桑延頓了一下，「女的？」

「嗯。那個老大比我高半顆頭，頭髮是酒紅色的。」桑稚想了想，「臉長得像個調色盤。」

陳駿文的氣焰消了一大半：「女的……女的可能會影響我發揮實力。」

桑延冷笑：「管他男的女的。」

像是一下子失去了挑戰性，陳駿文覺得三個大男人進去找三個女生的麻煩有點丟人，桑延乾脆讓他待在這裡看著桑稚，跟段嘉許一起走進巷子。

又髒又亂的巷子彌漫著下水道的味道，巷子中掛著一個汙漬斑斑的牌子，寫著「網咖」兩個字。

也許是聽到了動靜，沒多久，有三個女生從裡面走出來。

段嘉許從口袋裡翻出一包菸，抽出一根點燃，神情散漫。他把菸含在嘴裡，半瞇著眼睛，從淡淡繚繞的菸霧中，看清了站在最前面的女生的模樣。

女生的模樣跟桑稚嘴裡的形容一一對上——比她高半顆頭、酒紅色頭髮、調色盤臉。

也許是見到來人和想像中的不一樣，女生失望地擺擺手，卻也因為來人長得好看而忍不住多看了幾眼，然後就示意另外兩個女生跟她一起回網咖。

桑延把玩著手中的打火機，叫住她們，語氣冷冷的：「同學。」

紅頭髮的女生停下腳步，回頭，納悶地問：「你叫我？」

沒等桑延開口，另一側的段嘉許倒是主動出聲：「聽說——」他的一雙桃花眼彎起來，笑得溫柔又曖昧，「妳叫我家小孩給妳錢啊？」

第四章　夢想

下午五點出頭，太陽雖不及正午那般猛烈，卻仍顯刺眼。巷子外的氣味也不太好聞，陳駿文沒讓桑稚跟他一起傻站在那裡。他往四周看了看，乾脆帶她到附近的一個小攤位上買了兩串冰糖草莓。

兩人找了個陰涼處，一人咬著一串。怕桑稚覺得尷尬，陳駿文主動跟她聊天：「這附近有點亂，以後妳沒事不要過來這裡。」

桑稚乖乖地說：「知道了。」

「本來錢飛也要過來的。」陳駿文說，「妳記得吧，那個胖胖的哥哥？不過他今天有事，就沒過來了。」

桑稚不喜歡吃上面的糯米紙，一點點地撕掉：「記得。暑假的時候，我哥帶我和他去吃過飯。」

陳駿文：「啊？那個時候我可能已經回家了，所以就沒去。」

桑稚點點頭：「嘉許哥也去了。」

「啊？老許啊？」陳駿文突然想起了什麼，「噯，對。他放假不回家。」

桑稚一頓，猶疑地問：「為什麼啊？」

陳駿文也不大清楚，抓抓頭：「可能就懶得回去吧，加上暑期的課什麼之類的，假期也沒剩多少時間。」

「喔。」

「不過他偶爾還是會回去。」陳駿文想了想，「基本上都是幾天的連假時回去的，比如上個學期的清明節他好像就回去了，長假就沒看過他回家過。」

桑稚小聲問：「過年也不回去嗎？」

「是啊。」陳駿文說，「不過這還算正常吧，我們學校還滿多人新年不回家的，學校餐廳也有年夜飯可以吃，留在學校過年的還有紅包拿。」

桑稚咬著外面那層冰糖，不知道在想什麼。半晌，她沒再繼續問，換了個話題：「哥哥，我哥他們在裡面會做什麼？」

「啊？」

「會打架嗎？」

「如果是男的可能會。」陳駿文摸了摸下巴，「但妳剛剛說那些人是女生，嗯……那可能就講講道理？」

◇

此時此刻，巷子內，因為道路狹窄，上方都是樓層凸出來的窗臺，陽光被遮擋了一大半，巷子內的光線明顯比外頭暗了不少，像是進入另一個世界。

聽到段嘉許的話，桑延跟著看了過去。

紅頭髮女生立刻意識到情況不對，警惕地退後兩步，開始裝傻：「什麼啊？我不認識你們。」

說完之後，她朝旁邊的兩個女生使了使眼色。

「沒事，我認得妳們就好。」桑延輕抬眉眼，乾笑著說：「是妳昨天拿了我妹的一百塊是吧，還拿菸蒂燙她？」

「什麼燙她！」紅頭髮女生的音量拔高，「我只是拿了她一百塊錢，別的什麼事也沒做好嗎？別冤枉我！一百塊而已，要的話我就還給你們。」

「一百塊而已？」桑延的臉上毫無笑意，「同學，別說一百塊，就算妳只搶了我妹十塊，這筆帳我都得跟妳算。」

紅頭髮女生的火氣明顯上來了，但她也沒逞強，緊抿著唇從口袋裡翻出錢，沉默地遞到桑延面前。

桑延沒動。

段嘉許掃了一眼她們衣服上的校徽：「高職？還沒成年吧？」

「這年紀不在學校裡好好念書，在這裡幹嘛？」桑延淡淡地嘲諷，「打算一輩子就這樣下去？」

「拿了錢就滾啦。」紅頭髮女生的臉色一變，「我怎樣關你屁事！」

段嘉許低著眼，又抽了口菸，嘴裡緩緩地吐著菸霧，不知道在想什麼。很快地，他抬腳走到女生面前，眸子一抬，若有所思地盯著她。

他的眼內勾外翹，天生帶情，盯著人的時候就像是在放電，但此刻不帶有任何溫度，莫名讓人有點害怕。

紅頭髮女生的心臟怦怦地跳動著，害怕到終於發了火：「幹什麼啊？你們煩不煩啊？我不是說要還給你們嗎？」

旁邊有個女生拉住她說：「我們快走吧……」

下一刻，段嘉許忽然抬起夾著菸的手，想起桑稚那句「拍拍我的臉」，他稍稍挑眉，修長的手指慢慢地湊近紅頭髮女生的臉，喃喃地說：「昨天是這樣拍的？」

鋪天蓋地的壓迫感朝她襲來，紅頭髮女生盯著他手上那根還閃著紅光的菸，握緊拳頭，不敢動，只是眼睛漸漸紅了。

在她看來，眼前這個長得極為漂亮的男人本質上就是個惡魔。他明明是在笑，看起來卻比旁邊那個嘴毒又帶著戾氣的男人還要可怕。

菸蒂在距離她兩公分的位置停下，段嘉許的手沒觸碰到她的臉，指尖點了兩下，有菸灰落到她的衣服上，燙出一個淺淺的痕跡。他慢條斯理地直起身，語氣斯文溫和：「嚇到妳了嗎？」

紅頭髮的女生立刻往後退了一步，眼淚瞬間掉了下來。

「不用回答了，」段嘉許笑，「好像是滿嚇人的？」

走出巷子時，桑延雙手插在口袋裡，跟在段嘉許的後面，悠悠地道：「兄弟，你最近嚇人可真有一套，我看了都害怕。」

段嘉許挑眉：「是嗎？」

「聽過那句話嗎？」桑延說，「笑裡藏西瓜刀。」

「……」

「還有，」桑延想起一件事，笑了出來，「我妹怎麼就變成你家小孩了？照你這麼算，你不就變成我爸了嗎？」

段嘉許漫不經心地說：「可以啊。」

「……」

「我不介意。」

「滾。」

兩人走出巷子，在不遠處的小攤位旁看到陳駿文和桑稚。一大一小的兩個人並排站在一起，一人咬著一串紅豔豔的冰糖草莓。

桑稚的眼睛時不時往巷口看，很快就發現了他們兩個。但她剛剛咬了一大顆草莓進嘴裡，此時臉頰圓鼓鼓的，想說話又說不出來，倒是陳駿文先開了口：「看見人了？」

桑延嗯了聲。

陳駿文的語速像是機關槍一樣：「那你們幹什麼了啊？恐嚇嗎？怎麼恐嚇的啊？說來聽聽啊！我好奇！」

「我說我一個月只殺十個人。」桑延懶洋洋地說：「這個月的額度已經用完了，我下個月再來殺妳。」

「……」陳駿文無奈，「你唬誰啊？」

「你啊。」

陳駿文被桑延氣到翻了個白眼，轉頭看向段嘉許，試圖從他這裡得到答案：「老許，你就不能滿足一下我的好奇心嗎？」

「嗯？」段嘉許氣息悠長地笑了一聲，「我為什麼要滿足你？」

「……」陳駿文差點被噎到，用手裡那串冰糖草莓指他，「旁邊還有小朋友耶，你開什麼黃腔！不要臉！」

聽著他們的話，桑稚沒吭聲，默默想著「開黃腔」是什麼意思。

色情的話？

但剛剛那句話哪裡色了？不是很正常的對話嗎？不過陳駿文那句「不要臉」，她確實還滿贊同的。

桑稚莫名有點憂愁，他怎麼跟誰說話都這樣？不聽內容，光聽語氣都覺得不要臉，他連跟男人說話都像在跟情人說話。

聽到「小朋友」這三個字，段嘉許才垂頭看向桑稚，唇角彎起淺淺的弧度，又吊兒郎當地說：「小朋友，妳怎麼吃個東西像隻河豚一樣？」

桑稚立刻把嘴裡的東西吞進肚子裡，舔著唇角上的糖漬，低聲說：「你才像河豚。」

「是這樣嗎？」段嘉許指指她手上的冰糖草莓，半開玩笑地說：「那妳給哥哥吃一口？哥哥表演帥氣的河豚給妳看。」

「……」

「你吃我的吧。」陳駿文看不下去了，「你能不能不要騙小朋友？我都覺得良心不安了，你這騙吃騙喝的。」

桑延瞥她一眼：「別白費心機了，她不會給你吃的。」

像是沒聽見似的，段嘉許沒回應他們的話。

下一刻，桑稚果然搖搖頭：「不行。」隨即，她垂下腦袋，從口袋裡翻出二十五塊，很爽快地塞進他的手裡：「你自己去買一串。」

段嘉許一愣。

這反應明顯不在桑延的預料之中。他把手機放回口袋裡，盯著桑稚看了好幾秒，涼涼地問：「妳怎麼不買一串給我？」

桑稚瞪著他，又摸摸口袋，無辜地說：「可是我只剩下二十五塊了。」

意思就是，我沒錢給你了。

桑延沉默兩秒，不氣反笑：「好，妳好樣的。」

段嘉許看著手裡的錢，低笑了聲，很快便把錢還給她：「我跟妳鬧著玩的。我不喜歡吃這個，拿去買給妳哥吧。」

桑稚喔了聲，又把錢轉交給桑延。

因為段嘉許不愛吃，桑稚就退而求其次把錢給他。這情況在桑延看來，他就是個接收段嘉許不要東西的垃圾桶。桑延深吸了一口氣，拿過錢，塞進口袋裡：「回家。」

桑稚眨眨眼：「你怎麼不買？」

「不想吃。」

「那你把錢還給我。」

「不還。」

桑稚不開心了：「你這不是在騙我錢嗎？」

「騙？」桑延又從口袋裡掏出那二十五塊，以及剛從那個紅頭髮女生手裡拿回來的一百塊，「別說這二十五塊了，我還拿了妳一百塊呢。」

「咦？」桑稚停住動作，「拿回來了啊？」

「廢話。」

「那你給我。」

桑延扯扯唇角，沒再跟她鬧，把錢還給她：「妳才幾歲就這麼現實，遇到錢就跟我計較那麼多，以後還得了。」

話還沒說完，他就看到他嘴裡「非常現實」的桑稚，在接過錢之後，轉眼間就轉手遞給段嘉許，還附帶著乖巧又討好的一句話：「哥哥，給你。」

「……」像是不敢相信自己的耳朵，桑延露出傻眼的表情。

段嘉許彎下腰與她平視：「給我？」

聽他這麼一說，桑稚突然覺得用「給」這個字好像不太恰當。她想了想，立刻改口，聲音輕輕地說：「還你。」

段嘉許還想說點什麼時，眼睛一抬，突然注意到桑延的表情。他的眉毛微微挑起，瞬間改變了主意，淡淡笑著說：「好。」

隨後，段嘉許接過錢，悠悠地說：「謝謝妹妹給哥哥錢。」

一旁。

「噯，桑延，我怎麼感覺她比較像老許的妹——」陳駿文還沒把話說完，忽地察覺到桑延的情緒，立刻收回口中的話，湊過去拍拍桑延的肩膀說：「算了、算了。」

「……」

走回南蕪大學的門口，四人兩兩分開。

桑稚咬下最後一顆草莓，她總是下意識地看著段嘉許的背影。沒多久，她的眼珠一轉，忽地跟桑延不太友善的目光對上，她莫名感到心虛，立刻裝作自己在看風景的樣子：「幹嘛？」

桑延沒理她，面無表情地在路邊攔了輛計程車。

桑稚怕他發現不對勁，心跳如雷。她強裝鎮定，乾脆也拉直唇角，露出一副情緒不外露的模樣，拉開車門先坐了上去。

兩兄妹一左一右地坐著，沉默無言。

司機是個中年大叔，透過後照鏡看到兩人的模樣，呵呵笑著問：「兄妹倆吵架了啊？」

桑稚一愣：「沒啊。」她瞄了一眼桑延的臉，眼睛一眨，忍不住說：「又好像是。」

「……」

「叔叔，剛剛就是——」桑稚嘀咕著，「我哥叫我請他吃一串冰糖草莓，我就給他錢，叫他自己去買。但他不買，我就叫他把錢還給我，然後他就生氣了。」

司機聽到這番話，不太贊同：「啊？小夥子，這就是你的不對了。」

桑延當沒聽見，從口袋裡拿出耳機戴上。

「……」

看著他的舉動，桑稚覺得有點莫名其妙。

不就是二十五塊，他有必要這樣嗎？爸媽最近難道沒給他錢？

猶豫了一下，桑稚也不太想跟他冷戰，否則她這一路上要無聊死了。她把那二十五塊拿出來，不太情願地塞進他的手裡：「那就給你嘛。」

桑延摘下耳機，嘖了聲：「我稀罕妳這幾塊錢？」

「喔。」桑稚盯著他看了兩秒，又默默放回自己的口袋。

「小鬼，妳自己想想，」桑延皮笑肉不笑地扯扯嘴角，決定將她的胳膊拐回來，以免總是往外彎到骨折了，「妳有沒有給妳哥——妳親哥哥錢花過？」

桑稚搖頭，認真地說：「但你不是都自己拿的嗎？」

桑延：「……」

「你去年寒假買的那個遊戲手把，」桑稚的語速慢吞吞的，「不是還差一千塊，然後就從我的紅包裡偷拿了？」

「妳那紅包厚成那樣，」桑延倒也沒心虛，「妳還知道我拿了？」

「你拿我一塊錢我都知道。」

「……」

「我就是沒跟你計較。」

「……」桑延問，「妳剛剛給段嘉許錢幹嘛？」

「那是嘉許哥昨天給我的。他看我被搶走了一百塊，就偷偷塞錢給我。」桑稚平靜地說：「又不像你，只會偷偷拿我錢。」

桑延：「……」

桑稚被隔壁高職的學生勒索的事情，黎萍特地跟陳明旭溝通了一番。再加上三班的殷真如家長也在同一天聯繫學校，說有同樣的情況，學校便開始重視這件事情。

各個班導在班上問起這件事情，才發現有相同情況的學生不在少數。但大多都是放學之後去了學校旁邊的一家違法網咖，加上受到恐嚇，所以他們也不敢跟家長坦白。

違法網咖被舉報，很快就關了門。

事情具體是怎麼解決的，桑稚不太知情，也沒怎麼去關注。後來的一段時間，殷真如來找了桑稚好幾次，跟她道歉，但沒多久，也就被她的冷漠所逼退。

桑稚的腳傷漸漸恢復，桑延還是照常每天下午來接她回家。他沒空，來的就會變成其他人，偶爾是錢飛，偶爾是陳駿文，但更多時候——是段嘉許。

這是根本不用她自己爭取就有的見面機會。

桑稚察覺到，段嘉許對她的態度有點像是桑延那樣。他喜歡逗著她玩，卻更加溫和一些，多方面地照顧到她的情緒。

注意到她有一些異常的舉動時，他也不會有其他想法，只是覺得有趣。態度一如既往，但似乎，他對她也有了幾分的熟悉。

在此之前，桑稚一直覺得自己是吃了年齡的虧。那些所有不敢做的事情，全都是因為她的年紀尚小而沒辦法踏出那一步；但時間久了，桑稚又莫名改變了想法——她好像其實是占了年齡的便宜。

大人們覺得她在這個年齡不會懂的事情，其實她已經開始懂了，卻也能裝作什麼都不懂。

桑稚的期末考試考得不算好，她的排名直接掉出年級前十。

一小部分的原因是國二多了一科物理，還有一大部分原因是她對物理完全不感興趣，上課根本沒聽過課。

成績一落千丈。

黎萍和桑榮商量了一番，並徵詢了桑稚的意見，最後決定讓桑延幫她補習。畢竟如果剛開始的內容就不懂，那接下來的課程想必也跟不上。

但這補習只持續不到半小時就結束了。

雙方都有問題。

桑稚單方面覺得桑延說的都是錯的，他說一句她頂一句；而桑延耐心也不好，覺得這內容非常小兒科，說一遍她聽不懂，就不想再說第二遍。

黎萍沒轍，決定乾脆請個家教。

但寒假的時間本就不長，加上過年還要拜訪親戚，桑稚根本不想念書。不過她成績確實變差了，也沒那個臉拒絕。

桑稚糾結半天，最後花了一整個晚上的時間來研究要怎樣把這個家教嚇跑。但她什麼辦法都想不到，只想到個逃避戰術。

她打算在家教來之前，就先跑出去玩一整天。這樣的話，那個家教想必就會懂她的意思，就能做到知難而退，永遠地消失在她的世界裡。

黎萍提前跟她說過，家教今天九點就會來。桑稚制訂好了計畫，結果卻因為東想西想而睡得太晚，隔天早上十點才爬起來。看到時間時，桑稚覺得自己都不能呼吸了。

這個時間，黎萍和桑榮都去上班了，家裡就只剩桑延跟她兩個人。桑稚認命地走出房間，往客廳看了一眼，意外的是沒看見人。她眨眨眼，又往桑延的房門看了一眼，門還關著，看來他還沒起床。

家教是不是根本沒來？

桑稚緊繃的情緒徹底放鬆下來，這才進廁所洗漱。牙刷到一半，她聽到桑延的房門打開的聲音，下意識地喊著：「哥哥，幫我煮個泡麵吧，我要加火腿。」

因為滿嘴泡沫，她說話的聲音有些含糊不清。隨後桑稚打開水龍頭，捧著水沖掉嘴裡的泡沫，也沒聽清楚桑延有沒有回答。

桑稚洗了把臉，很快走出廁所。她爬到餐廳椅子上坐著，聽到廚房裡傳出窸窸窣窣的動靜，隨口問了一句：「哥哥，你知道家教為什麼沒來嗎？」

「……」

撕包裝的聲音頓了一下，很快又響了起來。

桑稚不太在意：「媽媽是不是不打算找了？還是說那個家教睡過頭了沒來？哥哥，那這樣的話，這個人根本就不專業，他第一天上班就遲到。」

廚房傳來水沸騰的聲音。

桑稚拿起一旁的糖果，撕開包裝丟進嘴裡：「要不然就換一個吧。但我覺得現在快過年了，應該也不好找，所以最好就是別找了。」

「……」

「哥哥，如果你幫我說話的話，」桑稚想了想，「我的新年紅包分你四百塊。」

「……」

「你怎麼不說話？」

「……」

「那八百？」

她都這樣了，還是等不到他的回應，就像是極為不屑她的這點小錢。桑稚咬了咬牙，把價格再調高：「一千！一千總行了吧！」

下一秒，桑延的房門又有了動靜，伴隨著桑延略帶不耐煩的語氣：「一大早的，妳鬼叫些什麼？」

桑稚一愣，轉過頭，就見到桑延邊打著哈欠邊坐到她旁邊。

廚房裡的聲音依然未停。

桑稚意識到不對勁，音量壓低下來：「哥哥，廚房裡的是誰啊？」

「嗯？」桑延懶洋洋地說：「段嘉許啊，媽沒跟妳說嗎？他來當妳的家教。」

「……」

桑稚的表情石化了：「啊、啊？」

「啊什麼啊，妳還好意思那麼晚起床，人家段嘉許都等妳半天了。」聽到廚房裡的動靜，桑延問：「喂，段嘉許，你在煮麵嗎？」

沒多久，廚房裡傳來段嘉許漫不經心的聲音：「嗯。」

桑稚：「……」

很快，段嘉許端著麵鍋從廚房裡出來。他的模樣俊朗，又帶著幾分貴氣，身穿著一件白色毛衣，袖子拉到手肘，卻仍然不沾半點煙火氣息。

桑稚心虛得要命，立刻低下頭，裝作自己剛剛什麼都沒說。桑延往鍋裡瞥了一眼，起身到廚房裡去拿碗。

段嘉許在桑稚對面坐了下來，悠悠地說：「早安。」

「早安。」

「妳睡得很熟。」段嘉許靠在椅背上，唇角不輕不重地彎起來，「妳哥敲了幾次門叫妳也沒醒，他就沒再敲了。」

桑稚硬著頭皮說：「我昨天太晚睡了。」

「是嗎？」段嘉許瞥了她一眼，若有所思地說：「不是裝作沒聽見？」

桑稚立刻反駁：「真的沒聽見。」

桑延拿了三副碗筷出來，瞥了他們一眼：「沒聽見什麼？」

桑稚低聲道：「沒聽見你敲門。」

「沒聽見？」聽到她提起，桑延才想起這件事，他盛了碗麵放到桑稚面前，冷笑說：「我放個鞭炮看妳會不會聽見。」

「……」

這頓早飯桑稚吃得坐立難安，總覺得段嘉許的視線若有似無地往她身上飄，似乎極為記仇。把最後一口麵吃進肚子裡後，她便借著收拾東西的理由迅速跑回房間。

桑稚邊翻著書，邊回想剛剛自己說的話。

其實也還好吧，她沒有一句話是真的在針對他，他應該……也沒必要生氣吧？

桑稚吐了口氣，提心吊膽地抱著要用的課本走出房間。

她房間的桌子小，一個人用綽綽有餘，但兩個人就顯得狹窄。黎萍提前跟她說了，家教時要她和老師到桑延的房間讀書。

正要走進桑延房間時，桑稚偷偷地往餐廳的方向看了看，卻沒看見人影。她把東西放好，又狐疑地走到客廳，發現兩個男人此時正坐在沙發上打電動，用的還是桑延偷桑稚紅包錢買的手把。

桑稚有些無奈：「不是要讀書嗎？」

桑延視線都沒動一下：「剛吃完飯讀什麼書，妳先自己去看看書。」

「……」桑稚覺得段嘉許這個家教肯定是桑延介紹來的，這樣的話除了教她讀書，還能陪他打電動，「哥，你是幫我找家教，還是幫你自己找玩伴？」

段嘉許笑到有點岔氣，他低聲說：「小孩，等一下，哥哥玩完這場就去教妳。」

桑稚看了他一眼，忍氣吞聲地走到旁邊坐下。

他坐姿懶散，總喜歡靠著椅背，帶著倦意。旁邊就是窗臺，有幾縷陽光落在他的髮梢，顯得髮色更淺了。

桑稚沒見過他打電動的樣子，此時忍不住多看了幾眼。

段嘉許的手長得也好看，手指修長有力，骨節分明，能明顯看到皮膚下淡青色的血管。比起平時那副吊兒郎當的模樣，此時他的模樣顯得專注了些，溫潤又斯文。他長得豔麗如妖孽的臉格外耀眼奪目。

桑稚抿抿唇，突然摸到口袋裡的手機。她目光一停，又朝段嘉許的方向看了一眼。他似乎完全沒注意到她的視線，目光還放在電視上。

她的心中忽然浮起一個念頭，一個極為強烈的念頭。

桑稚在褲子上擦擦手心的汗，打開手機照相機，小心翼翼地舉起來，隱密地用抱枕遮住手機的其他部位，將鏡頭對準段嘉許。她屏著呼吸，按了拍照按鈕。

遊戲恰好結束，客廳裡安靜下來。隨後，桑稚的手機響起格外響亮的喀嚓聲，在安靜的狀態下顯得異常清晰。也許是桑稚的心理作用，她覺得這聲音幾乎達到震耳欲聾的效果。

段嘉許和桑延被這聲音吸引，同時看向她。

因為這突發的狀況，桑稚的腦袋裡一片空白，她甚至忘了要把手機收起來，鏡頭還對著段嘉許，神情不安又緊張。瞥見她的模樣，桑延把遊戲手把扔到一旁，皺著眉問：「小鬼，妳拍什麼？」

桑稚不知道該怎麼解釋，囁嚅著抬頭。

注意到手機鏡頭對準的方向，段嘉許的眉眼一揚，嘴角隨之彎了起來。隨後，他的身子稍稍向前傾，往桑稚的方向湊近了些，他饒有興致地問：「嗯？拍我啊？」

桑稚往後一縮，立刻把手機螢幕壓在抱枕上擋住：「沒、沒有。」

「沒有嗎？」

「……」

「為什麼拍哥哥？」段嘉許拉長尾音，話裡帶點笑意，「哥哥這麼好看嗎？」

聽到這句話，桑延立刻吐嘈：「你真的很不要臉。」他似乎是想到了什麼，側頭看向桑稚：「妳該不會是想拍照告——」

沒等他說話，桑稚猛地站了起來，沒往他們兩個身上看，語速極快地說著：「我跟同學說我有個長得很帥的哥哥。」

桑延聲音一停。

她臉頰有點紅，邊說邊往臥室的方向挪，似乎是真的想不到別的理由了，又擠出一句：「但我不好意思把你的照片給他們看。」

桑延：「……」

說完，桑稚便立刻跑回房間，留下一片沉寂。

客廳瞬間安靜下來，靜到有點尷尬。兩個男人各坐一端，臉上的表情天差地遠，情緒上有很鮮明的對比。

半晌後，桑延轉頭看段嘉許，唇角拉直，臉上漸漸失去表情，一團鬱悶之氣湧上心頭：「我還以為她是要拍照跟我爸媽告狀。」

段嘉許收斂了唇角的弧度，故作平靜地嗯了一聲。

像是又回想了一遍桑稚的話，桑延慢慢吐了口氣，想按捺住火氣，卻依然一點就燃：「這還不如告狀。」

「……」

又安靜了幾秒，桑延忍不了了，忽地站起身：「你先在這裡等著。」

下一秒，段嘉許也跟著他站了起來，想攔住他的樣子。他下巴微收，低笑了一聲：「兄弟，小孩不懂事，沒必要。」

桑延面無表情地看著他。

「這個年紀的小朋友，」段嘉許拍拍桑延的肩膀，聲音停了幾秒，像是在忍笑，「確實會有點愛面子，你要理解她啊？」

愛、面、子。

理、解、她。

「……」桑延的眉心跳了一下，「我理解個屁。」

桑稚在自己房間待了幾分鐘，蹲在門邊聽外頭的動靜。她隱隱能聽見桑延和段嘉許在說著什麼，但因為距離不近，她也聽不太清楚。桑稚思考了一下剛剛自己說的那個藉口，似乎非常合理。

又等了一會兒，桑稚百無聊賴地翻出剛剛的「戰利品」。

照片並不清晰。從桑稚拍攝的角度只能看清段嘉許的側臉，立體分明，卻又顯得柔和。他唇角稍彎，心情看上去不錯。

桑稚頓時覺得剛剛的一切都值得了。她忍不住笑起來，指腹在螢幕上摸了一下，又飛速地收回。

桑稚又看了好幾眼，突然關閉螢幕，抱著手機踢踢腳。她勉強平復好心情，裝作根本不在意的樣子，爬起來照照鏡子。

覺得毫無破綻後，桑稚輕咳了兩聲，把手機藏在枕頭下。她悄悄拉開門，往外頭掃了一眼，然後迅速地跑到桑延的房間裡，到書桌前坐下。

桑稚翻開物理習題本，很刻意地開始為自己找事情做，注意力卻全都放在客廳那邊。

沒多久，有個人走了進來。

桑稚沒抬頭，卻也能猜到是段嘉許。她抓抓頭，假裝在做題目。

段嘉許在她旁邊坐下，單手撐著側臉，瞥了眼她正在做的習題本：「小孩，把妳的期末考考卷拿來給我看看。」

桑稚喔了一聲，從物理課本裡翻出考卷，放到他面前。她又看回原來的題目，筆尖很快停下。她猶豫著，很小聲地問：「哥哥，你能不能不要那樣叫我？」

聞言，段嘉許抬眸，似是聽不懂她的話：「嗯？」

桑稚盯著他，沒搭腔。

段嘉許反應過來：「小孩？」

桑稚收回視線，默不作聲地點頭。

段嘉許問：「不喜歡我這樣叫？」

「也不是。」桑稚咕噥著，「就是，我也不是小孩了嘛。」

「不是小孩了嗎？」段嘉許覺得好笑，「那妳覺得自己是個大孩子了？」

「……」

桑稚抿抿唇，沒理他。段嘉許不覺得這是什麼大事，也不太在意：「哥哥就是叫習慣了嘛。」

桑稚的立場很堅決：「那你得改改這個習慣。」

「好吧，那要怎麼叫？」他的尾音打了個轉，「小桑稚？」

桑稚動動唇，有些不滿。

他就不能去掉這個「小」字嗎？為什麼怎樣都要強調她小？

算了。桑稚決定忍。

反正至少比原來的好。

她沒跟他計較，勉為其難地點頭。

聽她這麼一提，段嘉許回憶了一下第一次見到她時的模樣，伸手揉揉她的腦袋：「好像是長高了一點。」

桑稚一本正經地說：「還會長的。」

「嗯。」段嘉許的語氣吊兒郎當的，聽起來不太正經，「到時候長得比哥哥還高，要保護哥哥。」

「……」桑稚想像了一下那個畫面，嘀咕道：「是也不用那麼高。」

段嘉許只是笑著，繼續看她的考卷：「小孩，妳上課都沒在聽吧？」

明明剛才說好的，他現在又這麼叫，桑稚有些不悅，就當沒聽見。

段嘉許看她，懶懶地說：「聽見我的話沒有？」

桑稚覺得委屈，但還是不敢再當沒聽見，湊過去為自己辯解：「聽了，就是聽不懂。」

「這題物質的三態變化怎麼選錯了？」

「喔。」桑稚指了指，「我寫太快了，我本來想選A的。」

段嘉許似笑非笑地道：「這題要選B。」

「……」

兩人的目光撞上。

桑稚覺得有點沒面子，又覺得自己不能沒了氣勢，乾脆理直氣壯地說：「反正我就是不懂。我聽了課，但我就是太笨了，聽也聽不懂。」

「之前哥哥叫妳好好上課，」段嘉許說，「忘了？」

「那都多久以前的事情了……」

「那還要我每天提醒妳一次？」

桑稚遲疑了兩秒，溫吞地說：「可以啊。」

「……」段嘉許好氣又好笑，「把課本拿過來。」

家教的時間說好是每天兩小時，一週三次。本來說好是九點準時開始，十一點準時結束的，結果桑稚睡到十點，再加上她洗漱和吃早餐的時間，兩人到十一點才正式開始。

中途他們又休息一小時吃午飯。

段嘉許似乎也不忙，時間到了依然在旁邊看著她寫題目。等她做完了，他才拿過來一一檢查，同時漫不經心地提起今早的事情：「妳不想找家教？」

桑稚模稜兩可地說：「不想念書。」

「妳這年齡，」段嘉許輕笑說：「除了念書還想做什麼？」

桑稚一愣，鼓起腮幫子說：「你不懂。」

段嘉許指著寫錯的題目，叫她再看幾次，然後說：「好，我不懂。妳有什麼想做的事情也可以去做，但要用課餘時間，至少不要忘記念書。」

桑稚：「我知道。」

「自己回去再消化一下。」段嘉許闔上課本，「今天就到這裡。」

桑稚點頭。

課程一結束，段嘉許又往椅背上靠。然後他的眼睛轉了一下，像是突然想起了什麼事情，拉長尾音說：「小孩——」

「……」

他是有多習慣這樣喊？就這麼改不了嗎？

桑稚正想指責，又聽到他說：「妳覺得哥哥長得帥啊？」

「……」她瞬間把嘴裡的話憋了回去。

段嘉許慢慢地湊近她，氣息悠長地笑了一聲：「剛剛拍了什麼照片？給哥哥看看。」

桑稚不想給他看，此時非常慶幸自己沒把手機帶過來。她裝模作樣地摸了摸口袋，平靜地說：「手機在房間。」

結果，段嘉許很自然地說：「去拿過來。」

「……」桑稚硬著頭皮說，「我不要。」

「不多拍幾張？」段嘉許撐著側臉，聲音裡帶了幾分調侃，「小桑稚想怎麼拍，哥哥都配合妳，然後挑張最好看的給妳朋友們看，給我們小桑稚掙點面子。」

桑稚不自在地說：「不用了。」

「這樣啊——」他似乎還覺得有些遺憾，「那真是可惜。」

「……」

「不再考慮一下？」段嘉許笑，「小孩，妳不覺得浪費啊？」

桑稚被他逗得有點生氣，沒有應答，跳下椅子，默默地抱起自己的東西回到房間裡。她把東西收拾好，盯著枕頭的方向，沉默無言。

也許是被洗腦了，在這一刻，在惱羞成怒的情況下，她居然真的覺得非常可惜，甚至還有了反悔的衝動。

之後，桑稚沒聽到段嘉許離開的動靜。

聽著外頭的聲音，段嘉許和桑延好像又玩起了遊戲，只不過是把「戰場」挪到桑延的房間。桑稚有點鬱悶，但其實就算桑延不在，她也拉不下臉再提起這件事。

桑稚翻翻手機裡的那張照片，覺得只有這張好像也足夠了。

自顧自地待了一會兒，桑稚有點想過去，又覺得自己沒理由過去打擾他們。她突然想起平時有客人來，黎萍都會切水果招呼他們。桑稚也不指望桑延，又覺得不能虧待段嘉許，她猶豫地走出房間，到廚房打開冰箱，抱了個西瓜出來。

把西瓜放到流理臺上，桑稚拿起水果刀卻無從下手。她抓抓頭，乾脆拿了個托盤，把西瓜和水果刀都放上去，然後勉強地搬起來，走進桑延的房間。

注意到動靜，桑延和段嘉許的視線下意識地挪了過去。

段嘉許：「……」

桑延：「……」

桑稚把西瓜放到他們旁邊，自以為很體貼地說：「我送水果來給你們吃。」

「……」桑延的額角一跳，「妳想吃就直接說，我出去切給妳，妳不用這麼辛苦。」

段嘉許坐在沙發上看著桑稚的行為，不由得笑起來。

被扭曲了目的，桑稚很不高興：「我沒有想吃，我只是送來給你們。」

桑延：「直接搬一整個西瓜進來？」

桑稚洩了氣：「我不會切嘛。」

桑延盯著她看了好幾秒，忽地爬起來，把托盤又搬起來，往廚房的方向走：「真是服了妳，我才開始玩多久，又得伺候妳。」

被罵了，桑稚也覺得不痛快，但也不敢頂嘴。下一刻，段嘉許朝她招招手，指著桑延的遊戲手把說：「來陪哥哥玩遊戲。」

桑稚慢吞吞地走過去，坐在桑延的位子上。

他們玩的是《格鬥天王》，桑稚雖然不怎麼喜歡，但以前也常跟桑延一起玩，玩得也算不錯。她有點無法集中精神，亂按著手把上的按鈕，根本沒認真打。不一會兒，她遊戲裡的人物就被打掉大半條血。

段嘉許停下動作問：「會玩嗎？」

桑稚點頭：「會。」

「那是不喜歡玩這個？」

「嗯。」

段嘉許鬆開手把，指指前面的遊戲卡匣，散漫地說：「自己去挑一個喜歡的。」

「喔。」桑稚翻了翻，換了個《超級瑪利歐》，「玩這個。」

「好。」

沒多久，桑延拿了盤西瓜進來。他不知道收到了誰的簡訊，邊看手機邊說：「我出去一趟，很快回來。」

桑稚：「你要去哪裡？」

「妳這小鬼管得真寬。」桑延晃晃手機，「吃妳的西瓜去吧。」

然後，他從抽屜裡拿出錢包，正想往外走時，突然想起段嘉許這麼一號人物：「噯，你要跟我一起走還是留在這裡？」

段嘉許的視線還放在螢幕上：「再晚點吧。我等一下還要打工，直接從這裡過去。」

「好。」桑延說，「你走之前我應該也回來了。」

很快，房子裡莫名其妙地就剩下他們兩個人。

這一輪是段嘉許先玩，桑稚有點無聊，便開始扯著話題：「哥哥，你知道我哥出去幹麼嗎？」

「嗯？」段嘉許不正經地說：「可能想在情人節之前脫單吧。」

「……」

桑稚突然想起今年的情人節剛好就是大年初一，距離現在也沒幾天了。她扭頭看向段嘉許，想到他這麼招桃花的性格和模樣，便假裝無意地問：「那你呢？」

段嘉許：「嗯？」

桑稚沉默幾秒，莫名地屏住了呼吸：「哥哥，你打算談戀愛嗎？」

「我啊，」段嘉許的眼尾一揚，「看情況吧。」

桑稚突然想到他之前說的，畢業之後要回去家那邊工作，再與他現在的話連結起來，她的胸口像是被一塊大石壓著，悶悶的，又覺得無能為力。

恰好輪到她了，桑稚便當作沒有這個話題，安靜地玩遊戲。

在一片沉默之中，桑稚突然有了個極為自私的念頭，覺得以現在這個年齡說出來，還能被他當作童言無忌，當成一個笑話對待。等她再長大一些，她應該就不可能再開這個口了。

只有現在，才適合開口。

盯著螢幕，桑稚的心跳如雷，她緊張地舔舔唇角，鼓起勇氣問：「哥哥，你不要談戀愛可以嗎？」

段嘉許一頓，側頭看她，以為自己聽錯了：「什麼？」

「你不要談戀愛。」桑稚的臉上沒什麼表情，像是理所當然似的，「好好念書比較重要。」

段嘉許盯著她看了好半天，似乎是覺得荒唐，反而笑出聲來：「小孩，講講道理。妳怎麼不叫妳哥不要談戀愛啊？」

這句話桑稚無法反駁。她不敢看段嘉許，一緊張，反應就慢半拍。螢幕上的紅帽子小人瞬間從空中掉下，伴隨著「Game over」的一行字幕。

安靜的房間裡迴盪著遊戲的背景音樂，歡快又響亮，在此氣氛下又顯得過於詭異。

桑稚用眼角餘光注意到段嘉許把視線收回，悠閒地把玩著手把上的按鈕，發出喀喀的響聲，很機械化的節奏。不知道他在想些什麼。

桑稚瞬間意識到她好像不該提這件事。

她不應該提的。

桑稚的大腦一片空白，她戳了塊西瓜咬進嘴裡。這個時節的西瓜並不甜，有汁無味，不太好吃。她慢慢咀嚼著，覺得有點難以下嚥，沒多久便含糊地說：「我跟我哥哥也說過啊。」

段嘉許的動作停了下來。

「我朋友的哥哥就是交了個女朋友，」桑稚把叉子放回盤子裡，語氣異常平靜，「然後她對我朋友一點都不好。所以哥哥，你也別交女朋友了。」

聞言，段嘉許又朝她看過去，表情若有所思：「為什麼對妳朋友不好？」

桑稚小聲解釋：「好像是覺得她哥哥對她太好了，就不開心。」

「這樣嗎？」

「是啊。」桑稚在腦海裡極力搜刮著理由，乾巴巴地解釋著，「如果你交了女朋友，那你是不是也不能對我好了？」

「小孩，妳想那麼久之後的事幹嘛？」段嘉許的眉目鬆開，淡淡地說：「說不定幾年不見，妳就把哥哥忘得一乾二淨了。」

桑稚沒吭聲。

段嘉許把手把放到桌上：「哥哥到時候會找個溫柔點的。」

「……」

「也會對我們小桑稚好的。」段嘉許笑得溫和，語氣也漫不經心，「這樣好不好？多一個人對妳好。」

桑稚盯著桌上的西瓜，慢慢地點頭：「好。」良久後，她壓下喉間冒起的澀意，勉強地補充了一句：「那你到時候得先帶來給我看看。」

桑延確實沒出去多久，不到半小時就回來了。見狀，桑稚也不再繼續待在這裡，找了個藉口走回自己的房間。等桑稚出去之後，桑延把外套脫掉，隨口問：「你幾點要打工？」

「快了。」段嘉許說，「你幹嘛去了？」

「有個朋友在附近，」桑延躺到床上，盯著手機，眼皮也沒抬一下，「吃飯不帶錢，叫我過去幫他付錢。」

段嘉許嗯了聲，開始收拾東西：「那我走了。」

「嗯。」

他站起來，突然想起剛剛的事情，又說：「桑延，我問你一個問題。」

桑延：「問。」

「你妹——」段嘉許的聲音停了片刻，似乎是在思考，「你妹有沒有跟你提過，叫你別談戀愛的話題？」

「啊？」沒想到是這個問題，桑延頓了一下：「有吧。」

「……」

「我高一的時候，我爸媽以為我談戀愛。」桑延回想了半天，抓著頭說，「她當時好像七八歲的樣子？知道了之後哭了一頓。」

段嘉許又問：「現在呢？」

「現在？」桑延冷笑：「她根本不覺得我能找到女朋友。」

「……」

「你沒事問這個幹什麼？」

「沒幹嘛。」段嘉許回過神，笑道，「我只是問問。」

回房間沒多久，桑稚就聽到段嘉許離開的動靜。

桑稚盯著天花板，猛地把窗簾拉上，扯過一旁段嘉許送的玩偶抱在懷裡，馬上又扔開。她翻身趴在床上，覺得心頭空空的，動都不想動一下。

像是心悸的感覺讓她有點後悔，覺得好像隨時會發生什麼不好的事情。

她好像太衝動了，不應該仗著年齡小，就什麼都不加以掩飾。

他是不是發現了？

他會不會已經發現了？

他發現了會怎樣？是不是會覺得她很奇怪，才幾歲就開始想這樣的事情，不能理解她為什麼會有這樣的心思；是不是會教訓她一頓，然後開始對她有了態度上的轉變；是不是會開始疏遠她，然後再也不會像從前那樣對她好？

沒有一個是好的結果。

桑稚突然坐了起來，把手機從枕頭底下抽出來，翻出段嘉許的電話，想再解釋點什麼，卻又覺得自己只會越描越黑。她看著手機螢幕漸漸暗下去，鼻子忽然一酸。

桑稚不知道該怎麼辦。

她只知道這個祕密好像是不能被發現的。

◇

隔天晚上十點，結束了一天的工作，段嘉許拿著鑰匙打開宿舍門，正想拿換洗衣服去洗澡時，突然接到桑延的電話。他把手機貼在耳邊，往陽臺方向走：「喂。」

話筒裡傳來桑延的聲音：『段嘉許，你明天別過來了，改成後天吧。』

「……」段嘉許的動作一頓，「怎麼了？」

沉默幾秒，桑延嘖了聲，似乎覺得極為無奈：『那小鬼談戀愛，說要去找她男朋友，現在正在被我爸媽教訓呢。』

以為自己聽錯了，段嘉許差點被嗆到：「什麼？」

桑延重複了一遍：『談戀愛。』

段嘉許想起之前見到的那個小男孩：「跟她同學啊？」

『不是。』可能是覺得有點中二，桑延輕輕咳了一聲，『我聽了一下，好像說是……網戀？』

「……」

桑延：『她說要去她男朋友的城市找他。』

段嘉許挑挑眉：「這可不行。」

『廢話，怎麼可能讓她去啊，這小鬼太不懂事了。我爸媽都訓她兩小時了。』桑延說，『她明天大概也沒心思念書，你就後天再過來吧。』

「好。」段嘉許忍不住笑，喉嚨裡發出淺淺的氣息聲，「也別對她太凶了，這年紀有這種想法很正常。跟她講講道理，讓她有點分寸就行了。」

『……』

「該懂的她會懂的。」

桑稚覺得自己想了個絕世妙招，雖然代價是被她親爹、她親娘加上她親哥輪番訓了一頓，但在被訓的空檔中，她偷偷聽到桑延打了那通電話，就覺得什麼都值得了。

她就是得讓他知道自己根本沒有暗戀他！甚至她已經有了人選！不然按照那個老男人這麼自戀的性格，就算這次沒懷疑，也遲早會懷疑。

桑稚極其確定，如果被他知道自己的小心思，得到的一定是不好的結果。

她能做什麼呢？

除了等待，除了喜歡，她什麼都做不了。至少目前為止，直至段嘉許覺得她不再是個小孩之前，都是這樣。

◇

家教時間改到週四上午九點。

這次，桑稚準時起床，提前半小時坐到桑延房間的書桌前。桑延的睡眠淺，他一下子就被她劈哩啪啦的聲音吵醒，一看時間才八點半，他的起床氣瞬間上來，額角的青筋直跳：「妳幹嘛？」

桑稚找著筆，沒有吭聲。

桑延指著門，忍著脾氣說：「妳最好在我發火之前出去。」

「哥哥，我要念書了。」桑稚翻開習題本，「你出去吧。」

「……」

「你去客廳睡。」

「……」

這個時間，桑延實在懶得搭理她，憋著滿肚子的火，翻了個身繼續睡。

桑稚也沒再弄出別的聲響。她的目光放在課本上，但注意力卻總是往玄關飄，思考著等一下段嘉許來了，她應該用什麼表情來面對他。

還是說，她其實根本不用考慮這件事，只要裝作若無其事就行？

好像也不對，她現在的情況，在他看來應該是發生了一件非常嚴重，讓她受到巨大傷害的事情。所以她應該裝出一副剛被強行分手、失了戀，並為此痛苦麻木的樣子？

桑稚一邊思考，一邊看著前天段嘉許講解的內容。

很快，玄關處響起門鈴聲。桑稚下意識地往桑延的方向看，發現他一點要起來的跡象都沒有。她猶豫了一下，只能自己跑過去，幫段嘉許開了樓下的門。

等了幾分鐘，外頭有了聲響，桑稚隔著防盜門看了一眼，才默不作聲地打開門。見到她，段嘉許的眼眸一抬，略顯訝異：「小桑稚今天這麼早起？」

桑稚點頭，什麼也沒說，轉頭往桑延的房間走。段嘉許脫了鞋，跟在她身後：「吃早餐了嗎？」

桑稚又點頭：「我媽媽煮了粥。」

兩人走進房間裡。

桑延睏倦地睜開眼睛盯著他們兩個人，然後坐了起來，像是在平復呼吸。隨後，他猛地抱上被子，沉默無言地走出房間。

段嘉許順勢把門關上，懶洋洋地說：「你哥脾氣還真大。」

桑稚坐到椅子上：「嗯。」

在她旁邊坐下，段嘉許也沒急著幫她補習，隨手拿了枝筆，在桌面上輕敲著，低聲問：「小孩，哥哥聽說妳談戀愛啊？」

就知道他一定會問，桑稚瞪他一眼，當作沒聽見。

段嘉許：「怎麼認識的？說出來給哥哥聽聽。」

「……」

「哥哥幫妳出出主意？」

桑稚抿抿唇，不悅地說：「你為什麼這麼八卦？」

「哥哥不能關心妳一下？」段嘉許的目光在她臉上掃著，唇角微彎，「叫哥哥不要談戀愛，自己反而談了？」

「……」

段嘉許又問：「妳那個網路上的小男朋友叫妳過去找他？」

這本來就是桑稚捏造出的人物，她也不知道該怎麼應付，只能順著他的話點頭。

「對方多大？」

桑稚想想段嘉許的年紀，又覺得如果說跟他同年紀，似乎會露出破綻。她遲疑了幾秒，中規中矩地說：「大學快畢業了。」

「……」段嘉許還以為是小朋友們純純的戀愛，聽到「大學」兩個字，還有點懷疑自己的耳朵，「嗯？多大？」

「應該二十幾吧。」

段嘉許臉上的笑意漸收：「他叫妳去哪裡找他？」

桑稚心虛地說：「就……宜荷那邊。」

「妳這個——」段嘉許改了稱呼，「老男朋友……」

「……」

他扯扯嘴角，一字一句地問：「知不知道妳幾歲？」

桑稚遲疑地點頭。

段嘉許臉上的笑意徹底沒了，他把手上的筆一扔，朝她伸手：「給我。」

桑稚抬頭，訥訥地問：「啊？給什麼？」

段嘉許：「電話。」

桑稚：「你不是有嗎？」

「我說的是，」段嘉許面無表情地盯著她，「妳那個老男朋友的。」

「……」桑稚瞪大眼，「不行。」

段嘉許氣到笑出來：「還護短？」

她去哪裡生出電話號碼給他啊！

桑稚硬著頭皮說：「反正就是不行。」

「桑稚，我不想跟妳發脾氣。」段嘉許覺得這件事極為不可思議，耐著性子跟她講道理，「妳好好聽著，妳的家人不會害妳，他們覺得這件事不能做，是因為這件事可能會傷害妳。在成年之前，在高中畢業之前，妳都不能談戀愛。等妳長大了，妳想怎樣就怎樣，沒有人會管妳。」

「……」

「聽見沒有？」

桑稚沉默幾秒，勉為其難地喔了聲：「但我受不了誘惑。」

段嘉許皺眉：「什麼？」
「別人在我面前談戀愛，」桑稚說，「我也會想談。」
「……」
這什麼道理。
段嘉許覺得無言又好笑：「那妳看個愛情劇就想談戀愛了？」
「不是。」桑稚嘀咕道，「我是說親近的人。」
「妳這小孩怎麼這麼小心眼？」段嘉許上下掃視著她，慢條斯理地說：「自己不能談戀愛，還不准別人談了？」
「是啊。」桑稚快速看他一眼，「這不是故意刺激別人嗎？」
「好吧，就當作妳有理。」段嘉許把桌面上的課本攤開，神情閒散，「以後的事情我先不跟妳說了。關於妳那個老男朋友叫妳去宜荷的事情……」
「……」
「真巧，哥哥就住那裡，年後就回去。」段嘉許又笑了，眼角稍稍彎起，「要是讓我知道妳成年之前去了……」
桑稚有些緊張：「……幹嘛？」
「那小桑稚大概也……」段嘉許親暱地捏捏她的臉頰，聲音含著淺淺的笑意，「看不到自己成年的樣子了。」
「……」

這什麼意思？

她現在才國二，等到高三畢業還有四年半。她本來還打算中途找個暑假，編造一個跟朋友出去玩的藉口過去那邊找他玩。但他這麼一說，不就讓她連找藉口的機會都沒有了嗎？

桑稚有點委屈：「你這不是恐嚇嗎？」

「恐嚇？」段嘉許歪歪頭，懶懶地說：「也可以這麼說。」

「……」

「小孩，不是妳說的嗎？」他把習題本推到她面前，指尖在上面輕點，並將她之前說的話原封不動地奉還給她，「好好念書比較好。」

「……」

◇

這件事情還是沒有因此而告一段落。

雖說桑稚是主動坦白了她「網戀」的這件事，並非常認真地詢問父母的意見——她能不能趁著這個寒假去那個城市找她的「網戀對象」？

她看似十分尊重他們，卻也因她這般理直氣壯，讓桑家父母更加生氣。

桑稚的這個想法對於他們來說，比她從前做的那些「跟同學打架」、「上課不聽講」、「破壞課堂秩序」這些事情還要嚴重千百倍，也給他們帶來極大的衝擊。

儘管桑稚已經跟他們保證不會再跟這個「網戀對象」聯繫，但桑榮還是叫桑延改了家裡電腦的密碼，並沒收桑稚的手機，還叫桑延好好看著她，不要讓她亂出門。所以在新年到來之前，桑稚的日子過得像是在坐牢一樣。每天除了家人，她就只能見到每隔兩天來「探監」一次的段嘉許。

段嘉許沒再提過她網戀的事情。做正事的時候他總是格外認真，不會跟她提別的事，直到休息時間才偶爾說幾句話來逗逗她。

怕再露出馬腳，桑稚沒再像從前那樣主動過問他的事情。

她只知道，段嘉許每天要做的事情好像不太一定，但似乎也沒從前那般忙碌，他有時候幫她上完課之後就沒別的事了，依然會待在桑延的房間裡。

而除了補習之外，桑稚基本上也不會進去打擾他們。有時候，黎萍會讓她進去送點水果和零食，桑稚就能藉此看到段嘉許的其他模樣。

偶爾他會抽菸，但在看到她的那一瞬間，他會馬上將菸捻熄，然後對她笑，跟她說：「小桑稚，捂好鼻子，然後快點出去。」

偶爾他是在打電動，抑或是睡覺，卻也能瞬間察覺到門打開的動靜，然後漫不經心地抬起眼。見她往桌面上放一盤水果，他縱使神色睏倦也不忘要逗她：「小孩，妳怎麼了？」

他不忘要笑得像個妖孽一樣地說：「一見到哥哥就臉紅。」

一個變化多端的男人。

他多數時間是玩世不恭又毫無形象的，卻又細心、溫柔到了極致，看似處處留情，可實際上又會跟人保持著一道跨越不了的距離。

他是她在極為不適合的年齡遇到，讓她覺得自己不管在什麼年齡都一定會喜歡上的男人。

他是她在青春期時，遇見的一個不想讓任何人發現的寶藏。

除夕前一天，桑稚結束了她寒假裡的最後一次補習。想到之後的一段時間就不會再見到他，她收拾東西的動作慢吞吞的，聽著他囑咐她的話。

「以後上課好好聽，有不會的可以問老師或者問妳哥，再不然問我也行。」段嘉許想了想又說：「不會的內容妳拍照傳給我，我看到了就回妳。」

桑稚點頭。

段嘉許：「開學有考試嗎？」

桑稚：「有。」

「考完之後跟我說成績。」段嘉許揉揉她的腦袋，「最好考好一點，讓哥哥有點成就感。」

「喔。」

「好了，自己去玩吧。」

桑稚拿好自己的東西，走到門邊時她又忍不住回頭，鼓起勇氣喊他：「哥哥。」

段嘉許抬頭：「怎麼了？」

桑稚猶豫地說：「你明天要不要在我家吃飯？」

「明天？」段嘉許挑眉，「不了吧。」

桑稚盯著他，慢慢地嗯了聲。

「哥哥留在學校，就是為了學校新年發的八百塊紅包。」段嘉許輕笑著說：「妳這麼一說，哥哥等了那麼久不是白費工夫嗎？」

沉默幾秒，桑稚也不知道該說什麼，只能點點頭，轉開門把回去房間。她把東西放到書桌上，拉開抽屜翻了翻，找到一個去年收到的紅包。裡面的錢已經被拿了出來，空蕩蕩的。

新年還沒到，桑稚也沒什麼錢。想到這裡，她回頭看了一眼放在床頭櫃上的存錢筒。這個存錢筒只有上面有個小開口，如果要拿錢，只能整個砸掉。

但桑稚又覺得給他一個紅包好像也滿奇怪的。她考慮半天，最後只往紅包袋裡塞了一顆糖，然後抽了一張星星紙，一筆一畫地在上面寫了七個字。

『嘉許哥，新年快樂。』

她把紙折成星星，也塞進紅包裡。

做完這一連串動作，桑稚悄悄打開房門，聽到桑延和段嘉許在客廳說話的聲音。她眨眨眼，躡手躡腳地跑到桑延的房間裡。

瞥見段嘉許放在書桌上的背包，桑稚拉開拉鍊，也沒往裡頭看，只是小心翼翼地把紅包塞進去。

雖然紅包看上去確實是有點寒酸，但他今年留在學校過年就收到兩個紅包了。

除夕當晚，吃完年夜飯之後，桑榮才把桑稚的手機還給她。一家人坐在客廳看新年特別節目，桑稚不太感興趣，便打開手機看了一眼，在一堆簡訊裡找到了段嘉許傳來的訊息。

『祝小桑稚天天開心，考上理想的高中和大學，新年快樂。還有，謝謝小桑稚的紅包。』

桑稚斟酌了半天，想問問他學校的年夜飯好不好吃，想問問他學校的人多不多，想問問他會不會覺得有一點孤獨。

她想問問他，要不要來這邊一起過年。

但她最終什麼也沒問。

桑稚吐了口氣，把所有字刪掉，重新輸入。

『謝謝哥哥，哥哥新年快樂。』

◇

春節過後沒幾天，寒假結束。

開學的那場考試，桑稚考到全年級第三名，物理她也十分不可思議地考到九十分。她把成績單拍下來，傳了封簡訊給段嘉許。

隔天早上，桑稚才收到段嘉許的回覆。

『小桑稚真厲害，哥哥過兩天給妳獎勵。』

因為這封簡訊，桑稚期待了兩天。但她收到獎勵時，卻發現並不是段嘉許本人親自送給她，而是他託桑延帶來給她的。

獎勵加起來有三份。

一份獎勵，一份補送的新年禮物，一份提前送的生日禮物。

一盒彩色鉛筆、一包糖果、一個粉色的兔子布偶。

他好像是真的把她當成妹妹。

後來有很長一段時間，桑稚很少再見到他。

桑稚偷偷找了家照相館。她連被陌生人發現心思的膽子都沒有，特意跟老闆說要洗手機裡的十幾張照片，但真正想要的也只不過是她在寒假時偷拍段嘉許的那張照片。

她把照片偷偷放進自己的寶物盒裡。

某次偶然，桑稚從桑延的口中得知段嘉許將大三下學期的課都提前修完了，在四月份回去宜荷，似乎是在那邊找了份工作。

他跟她隔了將近兩千公里的距離。

她這輩子都還沒去過那麼遠的地方。

五月份的某一天，國文老師要他們寫一篇作文，題目是「我的夢想」。

桑稚思考了一下，慢吞吞地在稿紙上寫了幾行字，很快又撕掉，塞進抽屜裡。亂糟糟的抽屜裡，小女孩的字跡青澀，卻又清晰明瞭——

我的夢想：

1. 考上宜荷大學。

2. 段嘉許。

◇

因為各種手續和畢業論文的事情，段嘉許回來學校過幾次，但也來去匆匆。在這期間，桑稚見過他幾面，但也都格外匆促。

他似乎沒什麼變化，仍是那副不太正經的樣子，說話時尾音還是拉得長長的，依然會逗著她玩，態度一如既往。

兩人一整年的交集少得可憐。

在一些重大節日時，桑稚也會收到段嘉許的簡訊和禮物。在閒暇時，他也會傳簡訊問問她的讀書狀況，讓她覺得自己並沒有被遺忘。

真的和段嘉許相處，已經是隔年六月，他回學校拍畢業照的時候。

桑稚是被父母一起帶過去的。一到那裡，桑稚就看見穿著學士服的桑延及許久未見的段嘉許。他站在陽光下，身姿挺拔高大，側頭在聽陳駿文說話，臉上掛著淡淡的笑意。

他除了頭髮短了些，好像跟從前沒有什麼不同。

見狀，桑稚莫名有點緊張。她手上抱著一束要送給桑延的花，默默地跟在桑榮和黎萍後面，也沒主動過去跟他說話。

在場的人並不少，除了應屆畢業生，還有不少來參加畢業典禮的親朋好友。周圍吵吵鬧鬧的，幾百個人的聲音疊加在一起。

桑稚聽不清父母在跟桑延說什麼，熱得腦袋有些發昏，但注意力卻老是往段嘉許的方向飄，心臟也跳得很快，怦通怦通地響。

很快，桑稚用餘光注意到段嘉許走了過來，向桑榮和黎萍問了聲好。他們說了好一陣子的話，她也沒聽清楚。

沒多久，段嘉許撇頭看向桑稚，眉眼稍抬：「小桑稚。」

桑稚這才抬頭說：「哥哥。」

「妳有沒有良心啊？」段嘉許笑了，「這麼久沒見到哥哥，也不知道過來跟我打聲招呼？」

桑稚不知道該說什麼，嘀咕著：「我以為你忘記我了。」

「嗯？這種話妳也說得出來。」段嘉許覺得好笑又不可思議，「妳生日我沒送妳禮物嗎？兒童節我沒送妳禮物？妳以為禮物是天上掉下來的？」

「……」桑稚盯著他，「那不是我哥拿給我的嗎？」

「我叫妳哥拿給妳的。」段嘉許還想說點什麼，突然注意到她的身高，「小桑稚好像又長高了？」

桑稚嗯了聲。

段嘉許：「那明年兒童節不用送了？」

桑稚皺眉：「要送。」

「好，哥哥有錢就送妳。」段嘉許思考了一下，又問，「是不是要考高中了？」

「嗯。」

「能考上第一志願嗎？」

「應該可以。」

旁邊有個同學要來跟段嘉許拍照，桑稚識趣地走開了些。拍一張照片的速度很快，沒幾秒，她又被段嘉許叫了過去。

桑稚猶疑地問：「幹嘛？」

他指指相機的方向：「跟哥哥拍個照？」

桑稚順勢看去，然後默不作聲地走過去站在他旁邊。她看了一眼距離，停在距離他一公尺遠的地方。

「……」段嘉許納悶地問：「哥哥又惹到妳了？」

桑稚覺得莫名其妙：「沒啊。」

「那妳站那麼遠幹嘛？」段嘉許朝她招招手，「站過來一點，怎麼搞得像我的仇人一樣？」

桑稚只好又挪過去兩步，表情有點不自在。

拍完照之後，段嘉許對幫忙拍照的同學說了一句「回去之後把照片傳給我」。

桑稚站在他旁邊。過了一會兒，她猶豫地問：「哥哥，你是不是以後不會再過來南蕪了？」

段嘉許抬眼，低笑著說：「嗯？捨不得哥哥啊？」

桑稚抿抿唇，點點頭。

似乎沒想到她會給出肯定的答案，段嘉許愣住了。他低下頭，注意到桑稚的表情後扯扯唇角，稍稍彎腰與她對視：「哥哥有空就回來找小桑稚玩，好嗎？」

桑稚問：「有空是什麼時候？」

「我也不清楚。」段嘉許捏了捏她的臉，溫和地說：「如果哥哥要回來，會提前跟妳說的。」

桑稚其實不太相信他的話，覺得這只是大人為了哄小孩而說出來的謊言；但是她覺得這也沒什麼關係，他不過來，她可以過去。

只要他們想見面，就一定能見得到，她是這麼想的。
但那時候的桑稚沒有想到，下一次見面是她在成年前跟段嘉許的最後一次見面。

第五章　我會長大的

畢業典禮在體育館內舉行。

時間還沒到，大多數人便待在外面拍照。段嘉許的人緣格外地好，脾氣又好，他被許多人拉去拍照，也沒什麼時間去顧及桑稚。桑稚沒打算影響他，想回去找父母，卻因為人多，也不知道他們跑到哪裡去了。

怕她走丟，也怕她被人流擠到，最後段嘉許乾脆把她拉到自己身旁，囑咐她跟在自己旁邊，別亂跑，也不在意她一起入了鏡。

桑稚覺得自己好像變成他的小尾巴，還是個總會忍不住偷偷看他、長了眼睛的小尾巴。

段嘉許今天穿著黑色學士服，大大的袍子顯得他的身材更清瘦而高大，氣質矜貴淡漠。他的膚色冷白，五官俐落分明，笑起來莫名帶了點撩撥的意味，好看到讓人挪不開眼。

桑稚感覺得到有很多女生都在看他。

可能是嫌不舒服，段嘉許沒戴學士帽，只是隨意地拿在手上。後來，他察覺到陽光太過猛烈，便把帽子扣在桑稚的腦袋上。學士帽有點大，總會往下掉，歪在桑稚的眼前，擋住她的視線。

用餘光看到，段嘉許便立刻幫她扶正，好笑地說：「妳在幹嘛？要自己扶好。不然還想叫哥哥幫妳扶喔？」

桑稚喔了聲，自己調整了一下帽子的位置。但帽子依然一直往下掉，她乾脆把帽子摘下來還給段嘉許：「哥哥，我不戴了。」

「嗯？」段嘉許低頭看她，「不熱啊？」

「熱。」桑稚指指腦袋，語氣有些鬱悶，「但一直掉下來。」

「站到我前面來。」

桑稚乖乖地照做，猶豫地問：「幹嘛？」

段嘉許再次把帽子戴到她頭上，固定住，然後輕笑了聲：「哥哥幫妳扶著。」

「……」

「不能熱到我們小桑稚。」

一大一小的兩人一前一後地站著，周圍是各式各樣穿著學士服的人。段嘉許的手上抱著桑稚帶來的那束花，原本該戴在他頭上的學士帽戴在她的頭上。有人問起來，他便笑著答：「這我妹妹。」

就這樣，桑稚以一個「妹妹」的身分出現在段嘉許大半的畢業照裡。她沒見過那些照片的蹤跡，也不好意思跟他要。

桑稚只是突然有點慶幸——

幸好她今天穿了一條很好看的裙子。

畢業典禮結束後，桑稚跟著父母回家。

桑延和段嘉許跟他們的朋友一起出去吃飯。當天晚上，桑延將近十二點才回家，還帶回段嘉許。嚴格來說，是段嘉許把桑延送了回來。

桑稚當時已經睡了，被聲響吵醒，她便疑惑地爬起來看。

她一進客廳就看到桑延坐在沙發上，明顯是喝多了的樣子。桑榮邊罵著桑延，邊跟一旁的段嘉許說著話，而黎萍在廚房煮醒酒湯。

注意到桑稚，桑榮看過來：「只只，吵醒妳了？」

桑稚揉著眼睛，沉默地搖搖頭。

「看妳哥，喝了多少才喝成這樣！」桑榮皺著眉，「對了，只只，這個哥哥今天睡我們家，妳去幫他找新的毛巾和牙刷。」

段嘉許立刻推辭：「不打擾你們了。」

「打擾什麼啊。」桑榮拍拍他的手臂，「快去洗漱一下吧，今天一整天下來也累了，就不要去外面住了。」

下一刻，桑稚走到他旁邊說：「哥哥，你跟我來，我幫你拿。」

段嘉許沒再拒絕，頷首道：「那就打擾了。」

桑稚把段嘉許帶到桑延的房間，翻出一套睡衣給他，然後突然停下動作：「哥哥，我不知道內褲放在哪裡，我去問問我媽？」

「……」段嘉許說，「妳拿個毛巾和牙刷給哥哥就好。」

「喔。」桑稚又把他帶到廁所，指指上面的櫃子，「那個櫃子裡有新的，你自己拿。」

「嗯。」

「哥哥，」桑稚走出廁所，突然回頭問：「你有喝酒嗎？」

段嘉許：「沒喝。」

「真的沒喝嗎？」桑稚盯著他的臉，遲疑地問：「如果喝了，我請媽媽也煮一份醒酒湯給你。」

「真的沒喝。」段嘉許笑，「哥哥不喝酒。」

想了想，桑稚又走回廁所裡，指著櫃子上的東西：「哥哥，這個是洗髮精、護髮乳，這個是沐浴乳，然後這個是洗面乳，還有刮鬍刀在這裡——你都可以用。」

段嘉許揉揉桑稚的腦袋，眼睛微瞇，唇角彎了起來：「好，我知道了。謝謝小桑稚。」

桑稚點頭，走出廁所，看到客廳只剩下桑延一個人，桑榮進廚房裡幫黎萍的忙了。想到剛剛的事情，她小跑步到桑延旁邊，推推他的手臂：「哥哥。」

桑延用力地睜開眼：「幹嘛？」

「你去你房間找條新的內褲。」桑稚小聲說，「嘉許哥在洗澡，你去拿一條給他。」

「……」

「快點！」

桑延敷衍地說：「在衣櫃的小櫃子裡，妳去拿給他。」

桑稚的表情不太自在：「這我怎麼拿？」

桑延重新閉上眼，沒再理她。

看到桑延難受的模樣，桑稚也沒再說什麼。她看著桌上已經空了的水杯，重新倒了一杯溫開水給他：「哥哥，喝水。」

桑延沒吭聲。

「你記得喝。」她站起來，嘀咕著，「沒事幹嘛喝那麼多酒……」

桑稚跑回桑延的房間，打開他所說的那個小櫃子，拆了一條新的內褲。她抓抓頭，走到廁所門口敲了敲門。

裡面的水聲立刻停住：「是有人敲門嗎？」

「哥哥，我……我幫你掛在門上，你自己拿。」

說完，桑稚立刻走回自己房間。

之後她再也沒出去，只在房間聽著外面的聲響。聽了大約一個小時，桑稚在窸窸窣窣的聲音中，再度漸漸睡去。

再次醒來時，她是被渴醒的。

天還沒亮，視野黑漆漆的，世界也靜悄悄的。桑稚爬了起來，打算到客廳去倒杯水喝。怕會吵到父母，她的動作很小，倒了水就打算回房間。路過客廳時，她突然注意到陽臺那邊似乎有個人。

桑稚的腳步一停，她瞬間發現那個人是段嘉許。

他坐在陽臺的椅子上，關上落地窗在抽菸。他沒有察覺到桑稚的存在，仰著腦袋，喉結慢慢滑動著，煙霧在月光下繚繞。

桑稚看不清他的表情，卻莫名覺得他的心情很不好。她猶豫了一下，還是走過去。

很快，段嘉許注意到她的存在，側頭看了過來，眉眼挑起，立刻笑了：「怎麼還沒睡？」

隔著落地窗，他的聲音很小。桑稚小心翼翼地把落地窗推開，用氣音問：「哥哥，你睡不著嗎？」

段嘉許把菸蒂捻熄，懶懶地說：「嗯，哥哥有點認床。」

「你躺一下就能睡了。」桑稚說，「不然你就睡我哥哥房間的沙發，我記得你以前常常在那上面睡覺。」

「好。」段嘉許神色溫和，「很晚了，去睡吧。」

桑稚沒動，小聲問：「哥哥，你心情不好嗎？」

段嘉許嗯了聲：「有一點。」

桑稚沉默幾秒，沒問原因：「那我幫你倒杯水吧。」

也許是因為這夜晚讓他有了想要傾訴的欲望，她剛走出兩步，身後的段嘉許忽地又出了聲：「小桑稚，哥哥跟妳說個小祕密。」

段嘉許抬頭看她，桃花眼彎成好看的月牙：「哥哥有好多債主。」

「……」桑稚頓了一下，回頭問：「是欠了很多錢嗎？」

段嘉許笑道：「不是錢。」他想了想，又道：「也可以說是錢。」

「很多嗎？」桑稚不知道該說什麼，只能小聲地說，「哥哥你不用擔心，我以後長大了，賺錢幫你一起還。」

段嘉許一愣，很快就笑出聲來，發出淺淺的氣息聲。這次，桑稚明顯感覺到他的心情好了點。

良久後，他寵溺地捏捏桑稚的臉：「謝謝小桑稚。但這些不是哥哥的債，不用小桑稚幫哥哥還。」

「……」

「小桑稚以後賺的錢，」段嘉許說，「要幫自己買好看的裙子穿。」

◇

隔天，段嘉許坐了最早的飛機回宜荷。

桑稚想，這次大概是他最後一次來南蕪。因為他再也沒有別的原因要過來，徹徹底底地脫離了校園，也徹徹底底地融入了社會。

所有人繼續過著按部就班的生活。

七月初，桑稚的大考成績出來，她順利地考上第一志願。在開學前，她收到段嘉許送的一個新包包，作為她考上的獎勵。

實際上，段嘉許離她很遠，但有些時候，又讓她覺得他好像無處不在。

高一開學之後，桑稚發現傅正初也考上同一所學校，還恰好跟她同班。兩人許久沒講過話，她想起傅正初之前的告白，也不好意思主動去跟他說話。但傅正初倒是主動過來跟她打了聲招呼，毫無芥蒂的模樣，桑稚也因此鬆了口氣。

高一寒假，傅正初找了一起寫作業的理由把桑稚約出去，並對她再次告白。這次小少年不再像上次那樣沒氣勢，卻仍舊緊張：「桑稚，我喜歡妳。妳願意現在當我女朋友也行，不願意的話，我就三年之後再來問一次。」

聽到這些話時，桑稚有些失神，第一反應居然是回想起十三歲時，被傅正初告白後突然出現的段嘉許，還有他教育她的那段話——『青春期開始有這些想法很正常。但妳也別傷害別人，可以先謝謝對方的喜歡，然後再拒絕。』

他們沉默了好一陣子。

「謝謝你喜歡我。」桑稚盯著他的眼睛認真地說：「但我有喜歡的人了，所以我不能接受你。」

「……」

「你是個很好的人，謝謝你。」

傅正初抓抓頭，吐了口氣：「我就知道又會被拒絕。」

桑稚有點尷尬。

「我本來也沒打算繼續喜歡妳。」傅正初說，「但我就是找不到長得比妳漂亮的女生了，我能怎麼辦？」

「……」

「算了。」傅正初想了想，問：「我能問問妳喜歡的人是誰嗎？」

桑稚沉默地搖頭。

傅正初：「長得比我帥？」

腦海裡又浮現段嘉許的那句「別傷害別人」，桑稚擺了擺手，含糊地說：「你別問了。」

「……」

桑稚以為會一直這樣下去。

她的暗戀會一直持續。然後，只要她現在努力一些，應該是能考上宜荷大學的，然後三年後，她會到段嘉許所在的那個城市。

但生活總是有變數，所有事情也不一定能就按照所想的那樣去進行。

高一下學期，清明節假期時，桑稚從桑延口中得知了一個消息。她當時打算去上廁所，路過桑延房間時，聽到他在跟朋友講電話，他隨口說了一句：「我靠，段嘉許有對象了啊？」

桑稚的腳步立刻停住。

在這之後，她再也沒聽過桑延提起段嘉許的名字。

她的大腦一片空白，站在原地愣了好長一段時間。桑稚沒回房間，走到客廳，假裝在看電視，然後趁桑延出來時，裝作不經意地問：「哥哥，嘉許哥談戀愛了嗎？」

「啊？」桑延從冰箱拿了顆蘋果，「好像是吧。」

桑稚的眼睛盯著電視，慢吞吞地嗯了聲，沒再說什麼。

等桑延回去房間，她便關了電視，也回去自己房間。桑稚拿起桌上的手機，打開通訊軟體，找到段嘉許。她抿著唇，很慢很慢地輸入一行字。

『哥哥，我聽我哥說你談戀愛了？』

桑稚盯著看了很久，最後還是刪掉了。她躺回床上，側頭看著旁邊幾個段嘉許送的玩偶，鼻尖一酸。

假的吧。

一定是假的。

桑稚看著她貼在牆壁上的宜荷大學的照片，用力揉揉眼睛，勉強把這件事情拋到腦後，爬起來念書。

她跟段嘉許說過，如果找了女朋友，得先給她看看。

他答應了。

他會告訴她的。

儘管桑稚這麼想，但接下來幾天都無法認真上課。她總會想起桑延的話，看到情侶親暱的樣子也會想起段嘉許。她會想到，他談戀愛的時候是不是也是這個樣子。那麼溫柔的一個人，對女朋友一定也會很好。

但桑稚不敢問。

她怕得到一個肯定的答案。

時間越拖越久，這樣的狀態一積累，四月底，桑稚做出一件她十六年來做過最瘋狂的事。

那天，桑稚在放學後跑回家，砸了那個她專門為段嘉許準備的存錢筒。她拿了裡面的錢，到父母房間裡偷拿走身分證，然後到家附近的機票銷售點買了隔天中午到宜荷的機票。

第二天，桑稚揹上書包，照常跟父母道了聲再見便出了門。但她沒搭上平時該搭的那輛公車，而是到附近的肯德基換下自己的校服，招了輛車，去了南蕪機場。

這是桑稚第一次一個人坐飛機。

她第一次一個人去那麼遠的地方。

三小時後，桑稚下了飛機。來之前，她沒查過天氣。宜荷的氣溫比南蕪低了不少，桑稚只穿了件長袖T恤，冷得渾身發抖。她把手機打開，看到幾十通未接電話，都是家裡人打來的。

桑稚愧疚又害怕，找到桑延的號碼，提心吊膽地打了回去。那頭立刻接起，伴隨著桑延著急的聲音：『桑稚？』

桑稚嗯了聲。

桑延：『妳跑去哪裡了？妳老師說妳沒在學校，現在都幾點了？』

「哥哥，」桑稚慢慢地說，「我在宜荷市。」

『……』

桑稚撒著謊：「我以前那個網戀對象叫我過來。」

『……』電話那頭沉默下來，像是在壓抑著怒火。良久後，桑延才一字一句地問：『妳現在在宜荷哪裡？』

「機場。」

『妳先找個地方待著，我叫段嘉許先過去。』桑延冷冷地說：『妳敢去找妳那個什麼網戀對象，妳回來我就打死妳。』

「知道了。」

桑稚垂下眼，走進機場裡。她找了個位子坐下，雙眼放空，有點茫然。

她知道自己這樣做很不對，知道自己做的事會讓所有人擔心，但她就是忍不住。

桑稚又陸續接到桑榮和黎萍的電話，他們的聲音聽起來又急又氣，卻也沒再罵她什麼，只是讓她注意安全。

不知過了多久，桑稚手裡的電話再度響起。

這次顯示的是段嘉許的號碼。

她沉默地接了起來。

段嘉許：『在哪裡？』

他的語氣也明顯在生氣，漠然又冷淡。

桑稚往周圍看了看，小聲說：「T3出口旁邊的椅子。」

很快地，桑稚看到段嘉許出現在她的視野裡。

算起來，他們也有接近一年沒有見面了。他看起來更成熟了些，臉上沒什麼表情，身穿著襯衫、西裝褲，手上勾著一件外套，明顯是匆匆忙忙趕過來的。

看到他旁邊跟著個很漂亮的女人，桑稚立刻垂下眼。

段嘉許的目光一掃，一眼就看到她。他吐了口氣，快步走過去，在她面前半蹲下來，然後將外套裹在她身上，一語不發。

桑稚也說不出話來，用眼角就能看到女人鮮紅的高跟鞋，極為醒目。

段嘉許的喉結滾動著，他又好氣又好笑，終於開了口：「網戀對象？」

「……」

「我以前跟妳說的話不記得了？」段嘉許的語氣冷硬，「桑稚，妳現在長大了？還敢一個人跑到這麼遠的地方來？」

桑稚抬起頭，定定地看著段嘉許，又轉頭看向那個漂亮的女人，想說點什麼，卻什麼都說不出口。

她很想問。

你是不是真的交女朋友了？

你是不是真的變成別人的了？

你不是說會告訴我嗎？

是不是我年紀小，你就覺得騙我也沒關係？

——你是不是騙了我？

可在這一刻，她一個問題都問不出口。

段嘉許：「說話。」

旁邊的女人忍不住說：「嘉許，你別對小女生那麼凶。」

段嘉許當沒聽見，依然盯著桑稚。

桑稚忍著喉頭的哽咽，慢慢地說：「對不起。」

段嘉許問：「他叫妳過來的？」

桑稚：「我自己要過來的。」

「見到人了？」

「嗯。」桑稚輕聲說，「他嫌我年紀太小了。」

「……」段嘉許的眉眼鬆開，「人走了？」

「嗯。」

「桑稚，他這樣做才是對的，妳現在年紀還太小。」見她這麼可憐的樣子，段嘉許的火氣散去，「這樣不合適，知道嗎？」

桑稚看向他，眼眶漸漸紅了：「可是我會長大的。」她喃喃地重複著：「我會長大的……」

「那就等妳長大了再說，好嗎？」

「但他會，」桑稚掉下淚來，忍著哭腔說，「他會喜歡別人的。」

這是她再怎麼樣也無法阻擋的事情。

桑稚突然想起了一年前，他在她家裡的陽臺上抽菸的場景，那時候，他看起來那麼寂寞又無助，而現在他身旁站了另一個人。

她是不是不應該那麼自私？

他那麼好的一個人，值得有其他人的陪伴。

他憑什麼等她？兩年後，他也二十五歲了，如果遇上一個對的人，是不是也要考慮結婚了？總不能那麼多年都一直孤身一人。

這樣的話，他是不是就會開心一點？

段嘉許輕輕地嘆了一口氣，伸手摸摸她的腦袋：「等我們小桑稚長大之後，一定也能遇到更好的人。」

沉默幾秒，桑稚扯過一旁的包包，從裡面拿出一個盒子，嘴唇動了動。「哥哥」那樣親暱的兩個字，隨著年齡漸長，她再也喊不出來。

桑稚低著頭，輕聲喊：「嘉許哥。」

「……」

「我準備給你的生日禮物。」桑稚說，「我就順便帶過來了。」

段嘉許愣了一下：「謝謝。」

「對不起，麻煩你了，我以後不會這樣了。」桑稚的眼淚啪嗒啪嗒地掉，她忍著聲音裡的顫抖，「我想在這裡等我哥哥過來。」

暗戀大概是這世界上最甜蜜又最痛苦的事情。

桑稚突然想起她在國二時寫的那兩個夢想。

小女孩一筆一畫，在感情最為純粹熾熱時寫下她覺得一定能實現的夢想。所以她為之努力，不斷地朝著那個目標走去。然後她發現，原來夢想也可能是無法實現的。

她在情竇初開的年齡，偷偷發現了一個寶藏。

遺憾的是，她沒能成為那個藏寶的人。

機場內很寬敞，燈光明亮。周圍人來人往，各種各樣的聲音將桑稚的嗚咽聲覆蓋住。她覺得有些狼狽，想找個地洞把自己藏起來，也想止住眼淚，裝作什麼都沒發生的樣子，不管怎樣都好，至少不會像現在這樣覺得自己如此無地自容。

那個女人長得很漂亮，說話也很溫柔，一看就是個很優秀的人，在生活和情感上，應該能幫到他很多。不像她一樣，在所有人眼裡都是任性叛逆的，像個累贅，帶給他的也永遠是麻煩。

從一開始，她就是個格外多餘的存在，沒有任何用處，還需要他在忙碌的時候，用額外的精力來照顧她。

看著桑稚不敢哭出來的樣子，段嘉許突然想起跟她的第一次見面。那個時候，她還會恣意妄為地大哭，對任何事情都毫無顧忌，最大的煩惱也不過是老師說的「請家長」。

她是真的長大了嗎？抑或者，是他剛剛的語氣太凶了。

段嘉許輕輕抿著唇。他身上沒有衛生紙，只能用披在她身上的外套袖子幫她擦眼淚：「別哭了，哥哥不覺得妳麻煩。」

「……」

「這邊冷，把外套穿好。」

桑稚吸著鼻子，聽話地照做。

「妳自己能想通，知道錯了就好。」段嘉許緩緩地說，「大家也不是想對妳生氣，只是因為擔心妳會出事，是著急才這樣，知道嗎？」

她低下頭，哽咽地說：「我知道。」

「起來吧，去洗把臉。」段嘉許看了一眼手機，他似乎有點不舒服，撇過頭咳嗽了兩聲才繼續說：「哥哥先帶妳去吃午餐。」

桑稚小幅度地搖頭：「我不餓。」

「什麼不餓？」段嘉許站了起來，淡淡地說：「為了一個男人妳還打算絕食啊？」

「……」

「小孩。」隨後，段嘉許往周圍看了一圈，指指不遠處，「廁所在那邊，有看見嗎？」

桑稚頓了幾秒，點頭。

「自己過去洗把臉。」段嘉許想了想，又說：「把妳的身分證給我，我去幫妳問問機票，等一下過去找妳。別亂跑。」

見狀，旁邊的女人開口說：「我帶她過去吧。」

桑稚從包包裡找出身分證遞給他，默默地站了起來，下意識地往女人的方向看。下一秒，段嘉許說：「不用。」

聽到這兩個字，桑稚不發一語地往廁所的方向走。走了一段距離之後，她突然停下腳步，往過來時的方向看。

桑稚看到兩個人還站在原地，女人穿著黑色的修身連身裙，勾勒出姣好的身材，裙襬上繡著復古的圖案，長度至小腿中部。她長得高，大約一百七，穿上高跟鞋只比段嘉許矮了半顆頭。她臉上掛著笑意，不知道在說些什麼，然後她伸手拍拍他的手臂。

接著，桑稚看到段嘉許也笑了。她用力抿抿唇，收回視線。

桑稚走進廁所裡，看著鏡子裡自己的模樣。眼眶紅腫，鼻子也是紅的，臉上還有淚痕。她低下頭，反覆地用水沖洗著臉。冷水刺激著皮膚，也重新刺激她的淚腺。

她怎麼洗都還是會掉眼淚。

旁邊有個老奶奶看到她這樣，好心地問道：「妳沒事吧？」

「沒事。」桑稚抽了張衛生紙，低著眼說：「就是這裡水太冰了。」

她像是找到一個爆發的理由，眼淚不受控地往下掉：「這水怎麼這麼冰……」

「那就別洗了。」老奶奶也不覺得這理由奇怪，嘆了口氣，從包包裡拿出一個暖暖包遞給她，「這兩天是有點冷，自己記得多穿點衣服。」

桑稚沒接下，抽抽噎噎地說：「不用了，謝謝奶奶。」

老奶奶也沒再說什麼，只是又安撫了幾句便離開了。半晌後，桑稚勉強調整好情緒。注意到身上的西裝外套，她脫了下來，抱在懷裡往外走。

段嘉許已經在外面等她了。這次只剩他一個人，剛剛那個女人不知道去哪裡了。

桑稚走了過去。

看到她手裡的外套，段嘉許皺眉：「怎麼把衣服脫了？」

「剛剛洗臉怕弄髒了。」桑稚隨口扯著謊，聲音帶著重重的鼻音，「而且我不冷。」

她看了一眼段嘉許：「你穿吧。」

段嘉許沒有別的動作，只是定定地盯著她。半晌，他微弱地嘆了一口氣，眉眼垂下：「是哥哥剛剛的語氣太凶了？」

桑稚搖頭：「沒。」

「那你們小孩是不是都記性不好啊？」段嘉許重新幫她披上外套，「才一年，妳怎麼對哥哥就變得跟陌生人一樣了？」

「……」

他慢條斯理地說：「妳讓哥哥太傷心了。」

桑稚不知道該說什麼，只好扯開了話題：「還有機票嗎？」

「嗯，幫妳買了下午兩點的。」段嘉許把手裡的登機證和身分證遞給她，「登機證我已經幫妳拿好了，先去吃個飯，等一下我送妳過安檢。」

「好。」沉默幾秒，桑稚又道，「多少錢啊？」

「沒多少錢。」段嘉許鬆了鬆脖子上的領帶，不太在意，「想吃什麼？」

桑稚：「都可以。」

段嘉許便帶她進了機場裡的一家麥當勞。

兩人隨便點了些東西，但似乎都沒有什麼胃口。他沒提過剛剛那個女人，也沒說她去了哪裡，桑稚也沒有問的勇氣，怕從他口裡聽到「女朋友」三個字，她會無法維持自己的表情。

也許是注意到她的心情不好，段嘉許會時不時地說幾句話逗她。他的嗓子有點啞，說話時也總會側過頭咳嗽。

桑稚忍不住問：「你生病了嗎？」

「嗯。」段嘉許隨口道，「有點感冒。」

桑稚安靜了一會兒才說：「你記得吃藥。」

段嘉許笑：「謝謝小桑稚的關心。」他的手上把玩著桑稚給的那個盒子，他挑著眉問：「哥哥能打開看看嗎？」

桑稚咬著薯條，無聲地點頭。

裡面是一條領帶，暗紅色的底，黑白相間的條紋點綴。

段嘉許沒用手去碰，看了幾眼就蓋上盒子，眼睛彎起來，心情似乎極為不錯：「謝謝小桑稚。收到這個禮物，哥哥老了一歲也很開心。」

桑稚嗯了聲。很快，她拿紙巾擦了擦手，從書包裡翻出自己帶來的所有現金，塞進西裝外套的口袋裡。

兩人又坐了一會兒，見時間差不多了，段嘉許便起身，把桑稚送到安檢口，囑咐了幾句：「回去之後好好聽叔叔阿姨的話，好好念書，也別再因為這件事不開心了。」

桑稚把外套脫掉，還給他：「我知道了。」她頓了幾秒，突然冒出一句：「嘉許哥，你不用告訴我了。」

——你如果談戀愛了，不用告訴我了。

段嘉許沒聽懂，眼睫動了動：「嗯？」

桑稚沒解釋，勉強擠出一個笑臉，倒退著往安檢口的方向走。隨後，她對他擺擺手：「然後，希望你天天開心。」

可能是靠窗位子的票都被買完了，桑稚的位子在走道邊。她居然沒再哭，上飛機之後就跟空姐要了條毛毯，蓋在腦袋上睡了過去。

她做了個夢。

她夢到她遇見段嘉許的時候不是十三歲，而是十八歲。

她夢到她跟段嘉許仍有七歲的年齡差，可那不再是條橫越不過的鴻溝。

她夢到她夢想成真。

她夢到暗戀原來也可以不僅僅是一個人的事情。

◇

下了飛機，桑稚打開手機，打電話給桑延。

隔了幾個小時，他的火氣收斂了不少，聲音格外平靜：「妳來T2出口，我在這裡等妳。」

她乖乖地喔了聲，跟著人流往外走。走到外面，桑稚看到桑延的身影，這才低下頭把電話掛斷。

桑延走過來往她臉上掃了一眼，似乎是想說些什麼，很快又全部吞回肚子裡。他抓住她的手腕，淡淡地說：「算了，我就不罵妳了。回家。」

「……」

「老師那邊，媽幫妳請假了。」桑延的語氣很不好，「回去之後，爸媽要怎麼罵妳，我幫不了。因為我也想罵妳。」

「……」

「妳現在真的是──」

他話還沒說完，就聽到桑稚吸鼻子的聲音。

桑延停下腳步，回過頭盯著桑稚垂著的腦袋，看不清她的模樣。他突然嘆了一口氣，朝她張開手臂：「喂，小鬼。」

「……」

「別哭了，失戀有什麼大不了的。」桑延說，「過來，哥哥抱抱。」

回到家，桑榮和黎萍還沒回來。她的這趟出走，好像就真的只是早上去上學，下午放學回家，一切跟平時沒有任何的不同。

桑稚走進房間裡，沉默地把床上的玩偶、這幾年段嘉許送的禮物，以及窗臺上的牛奶瓶放在一起。盯著床頭櫃上空蕩蕩的位置，桑稚想起被她砸成碎片的存錢筒。她起身，把貼在牆上的宜荷大學的照片撕下來，盯著看了半晌，眼淚突然又開始掉，一顆一顆地砸在上面，腦海裡不斷浮現出段嘉許對那個女人笑的模樣。

桑稚用手心抹掉淚水，因為忍著哭聲，全身都在發抖。她抬起頭，又慢慢地把那張照片黏了回去。然後，她從自己的塗鴉本中拿出被她夾在裡頭，寫著那兩個夢想的字條。

拿起筆，桑稚快速地把第二個夢想畫掉。

不能實現的夢想，她就應該捨棄掉。

她從十三歲開始喜歡的男人。

她從十三歲開始的暗戀。

從那個時候，她就抱著要快點長大，跟他在一起的念頭。

如今桑稚發現，也許就算她真的長大了，他也早已跟別人在一起了。

又或者，就算她真的長大了，在他眼裡，也依然是當初那個會因為交不出作業就哭的，永遠長不大的小孩。

桑稚開始減少跟段嘉許的聯繫。

他依然會在節日時買禮物給她，在每次大考小考之後也會問起她的成績。桑稚會回覆，卻不再接他的電話。聽他問起，她也只是以「念書太忙」為藉口蒙混過去。

只有在節日以及他生日時，桑稚會主動傳祝福簡訊給他。畢竟這個人是真的把她當成妹妹疼愛，是真的對她很好。她無法完全當作他從未存在過，也無法就這樣直接跟他斷了聯繫。

桑稚沒再主動去問段嘉許的情況，還封鎖了他的朋友圈。她把所有的精力都放在念書上，在高二分班時選了理科，還申請了住校，日子久了，她連手機都不帶。

成績也從中上爬到頂尖。

小女孩的五官漸漸長開，下巴變尖，顯得那雙眼大而明亮。她的皮膚天生就白，嘴唇紅潤。她笑起來時唇邊會有兩個小梨窩，可愛又漂亮。身高更是突然拔高，一下子竄到一百六十五公分。

桑稚在年級裡漸漸出了名。

因為她長得漂亮，還被某些人私下不太官方地認為是「級花」。而且，資優班的物理老師在別班上課時，總把她掛在嘴邊誇，格外驕傲。也因此很多人都知道，理科資優班有個資優生，長著一張極為漂亮的「呆萌臉」，最重要的是，她的成績從沒掉出年級前五名過。

物理考試基本上都次次滿分，成績好又漂亮，這兩個點結合起來，她就成了其他人學生時代裡的「女神」。

桑稚經常在桌上發現不認識的人送的牛奶、零食，翻著抽屜也能莫名其妙地翻出一封情書，晚自習後回宿舍，偶爾也會被人堵在樓梯口告白。她一概拒絕，把東西都還了回去。

漸漸地，這些事情就少了。

高三上學期時，隔壁班有個體育生開始追她。每天訓練完之後，他會帶很多零食來給桑稚，晚自習之後也會準時過來接她。桑稚不太想理他，卻在某一個瞬間，發現那個人的聲音和說話語氣跟段嘉許有些許相似，之後便沒再說什麼堅決拒絕的話。

兩個星期後，這個體育生跟她告白。他的聲音仍舊跟段嘉許相似，語氣卻緊張兮兮的，桑稚從沒聽過段嘉許有過這樣的語氣。

這也讓她瞬間回過神，按照段嘉許教育她的那句話，認真地拒絕了他的告白。

她覺得自己在感情上是倔強的，喜歡上一個人就很難再去喜歡另一個人，可她再怎麼樣也不能糟蹋自己和別人的感情。她不能為了一個暫時忘不掉的人，就去選擇一個跟他有點相似的人，並把這個人當成替代品。

只是因為這件事情，桑稚偶爾會覺得再想起段嘉許的時候，她好像也不覺得那麼難過了。因為她和他的回憶，只有最後一次見面時是灰暗的。

他們其餘的時光都帶著斑駁的色彩，鮮活又美好。

隔年六月底，桑稚的模擬考成績出來了。她現在成績很穩定，比最低錄取分數還高出一百多分。這個成績，她想考的兩所大學都考得上。

家人希望她報考南蕪大學，不希望她去太遠的地方。桑稚考慮了很久，最後還是填了宜荷大學。跟從前的想法不太一樣，僅僅是因為她想報考數位媒體藝術系，相較之下，還是宜荷大學更好一些。

去學校報到的那天，桑稚沒有帶太多行李，只揹了一個包包，拖了一個行李箱。本來桑榮是叫桑延陪她一起過去，但桑稚覺得沒什麼好陪的，堅持了半天他們才鬆了口，同意讓她一個人過去。

桑延說要叫段嘉許去接她，桑稚也拒絕了。她說，太久沒見了，不好麻煩人家。

桑稚下飛機，走出機場，搭上了在機場接機的宜荷大學校車。她在學長們的帶領下報到、領了宿舍鑰匙、自己買了生活用品、跟室友打招呼，跟她們漸漸熟悉起來。

她參加新生訓練、開始上課、參加社團活動。她做著她從前幻想未來時所有要做的事情，唯獨少了一件。

桑稚從前想來宜荷最主要的目的，好像在這個過程中，逐漸成為一件無關緊要的事情。

◇

十月中旬，桑稚有個室友生日。一行人搭火車坐了兩站，到一家海鮮餐廳吃飯。結束後，時間還早，他們便決定到附近的ＫＴＶ唱歌。

恰好第二天是週六，學校也沒有門禁。

比起唱歌，更多時間是在喝酒。桑稚想置身事外，但也被灌了好幾杯。

小包廂裡擠了十幾個人，桑稚喝酒容易臉紅，很快就覺得有點悶熱。她覺得又吵又煩，便藉著上廁所的理由跑出去透氣。

出了大門，這家ＫＴＶ還有個小門，出去之後是一條走廊，連通附近的一家超市和肯德基。

外面天氣微涼，格外舒適。走廊的燈似乎壞了，一閃一閃的，視線也昏暗得過分。

桑稚趴在欄杆上，想從口袋裡摸出手機來玩。莫名其妙地，她發現口袋裡多了個四方型的東西。她沒拿穩，東西滾落到不遠處的地上，她垂眸看去，發現那是一包菸。

桑稚正想走過去撿起來，突然發現菸掉落的附近站著個男人。他的身姿高大清瘦，穿著簡單的白色襯衫。從這個角度看去，桑稚只能看到他側臉的輪廓，隱晦不明。

男人靠在牆上，指尖處夾著根菸，香菸發出猩紅的光。

她覺得有些熟悉，卻不敢繼續猜想下去。

桑稚覺得那包菸應該是室友隨手塞進她口袋裡的，她抿抿唇，把腦袋低下來，往那頭走了兩步，正想撿起來。

在這個時候，男人有了動靜。他的眼神一掃而過，慢條斯理地彎下腰，幫她撿起那包菸。

頭頂的燈在此刻也戲劇性地不閃了。

桑稚看清了他的模樣。

桃花眼、妖孽臉，以及那總是輕佻浪蕩的笑容。

她看到他盯著那包菸，很快便抬起眼，像是老電影裡的慢動作一樣，與她撞上了視線。然後他眉眼一挑，拖著尾音問：「小桑稚？」

一如從前的任何一次。

十月的天氣尚熱，夜晚稍稍帶了涼意，卻依然掩蓋不去那股悶意。

確認確實是桑稚的那一瞬間，段嘉許的目光微斂，他下意識地把菸蒂捻熄，想丟進垃圾桶時，突然注意到另一隻手上的菸盒。他的動作停住。

段嘉許又抬起眼，朝她輕晃了一下手裡的菸：「誰教妳抽菸的？」

兩年沒見，小女生明顯長高了不少。上次見面時她才剛到他的肩膀處，這次已經能搆到他的下巴了。五官沒什麼變化，只是稍稍長開了些，比起之前那般稚嫩的模樣，多了幾分少女感。她穿著一件粉色小可愛，淺藍色的牛仔短褲，露出一小截細瘦的腰和形狀好看的鎖骨，以及兩條又細又直的腿。

她的髮色天生偏淺，頭髮在腦袋上團成一顆小丸子，看起來漂亮又清爽。

還真是女大十八變。

桑稚完全反應不過來，定定地盯著他。過了好一會兒，她收回手，嘀咕著：「不是我的。」

「哥哥親眼看見，」段嘉許語氣懶懶的，「從妳身上掉下來的。」

「……」

「小桑稚學壞了啊？」

從他嘴裡聽到「哥哥」這兩個字，桑稚還有種恍如隔世的感覺。她沒再解釋，只是指了指他手上的菸：「你不是也抽菸？」

「我哪一次在妳這小孩面前抽了？」段嘉許把菸蒂扔掉，順手把那包菸放進口袋裡，「這個，我沒收了。」

「……」沒想到他還有這麼一招，桑稚連忙說：「真的不是我的，是我室友的。」

「嗯？」段嘉許看向她，突然注意到了什麼，尾音揚起，「小朋友，先不提別的。這麼久沒見到哥哥，妳不知道要叫人？」

桑稚一愣，抿抿唇，非常僵硬地喊：「嘉許哥。」

「來這裡玩？」

「嗯。」

「新生訓練結束了？」

像是太晚回家被父母「審問」一樣，桑稚摸摸腦袋，老實地說：「上個月中就結束了。」

「那上次連假放了七天，」段嘉許笑，「妳怎麼沒來找哥哥玩？」

本來桑稚以為，這麼久沒見，少數的溝通都是通過微信，面對面說話時雙方可能都會有點尷尬。

結果沒有。

只有她一個人覺得有一點尷尬。

桑稚盯著他咕噥道：「我有別的事情。」

段嘉許：「什麼事？」

「上課。」

「放假還上課啊？」

「……」桑稚瞬間覺得不對勁，改了口，「打工。」

「嗯，哥哥以前也要打工。」察覺到她在敷衍自己，段嘉許神色散漫，唇角彎起淺淺的弧度，「還得抽空去幫妳見老師、看妳寫作業、接妳回家。」

「……」

「小沒良心的。」

「……」

沉默半晌，段嘉許站直，眉眼在燈光下顯得疏淡起來，他從口袋裡把那包菸遞到她面前，涼涼地吐出兩個字：「接好。」

桑稚不敢接。

「小孩一點良心都沒有，」段嘉許笑得溫柔，「也好。」

「……」桑稚被他說得有點惱怒，勉強擠出一句，「你那時候都大二大三了，我現在才大一。」

「嗯。」段嘉許淡淡地道，「還攻擊年齡。」

「……」

「小孩，妳自己仔細想想。」段嘉許手肘搭在旁邊的欄杆上，指尖在上面輕敲，「哥哥哪裡對妳不好了？」

「我又沒這樣說。」桑稚忍不住回嘴，「而且我都長那麼大了，你還叫我小孩，不覺得彆扭嗎？」

「能多大？」段嘉許說，「還是個小孩子樣。」

桑稚忍氣吞聲地把他手裡的菸扯過來，還是忍不住發火：「那哥哥，幾年沒見，你還確實老了不少。」

「……」

段嘉許也沒生氣，吊兒郎當地道：「嗯，還是叫哥哥好聽點。」

「桑稚，妳自己回去翻手機，自己算算，」段嘉許說，「我打了多少通電話給妳妳都沒接。」

桑稚沒什麼氣勢地說：「我不是跟你說我要念書嗎？」

「念書還得與世隔絕？妳讀的是什麼書？這筆帳我以後再慢慢跟妳算。」他看了眼時間，眼尾稍稍上揚，「十一點了，還不回去？」

「不知道他們什麼時候要走。」桑稚也看了看手機，「那我先回去了。」

「……」

「嘉許哥，」怕又被他說沒良心，桑稚非常客套地問了幾句，「我也沒來得及問，你這麼在這裡？

你不走嗎？」

「公司有新同事，弄了個聚會。」段嘉許隨意地說：「妳回去拿妳的東西，我送妳回學校。」

桑稚搖頭：「我跟他們一起回去。」

「好吧。」他沒強求。

段嘉許還靠在原來的地方，垂眸盯著她，目光若有所思。

覺得有些不自在，桑稚不由自主地別開眼，聞到風裡帶著淡淡的酒味。穿著這身衣服，本來她不覺得怎麼樣，但此刻，她莫名其妙地有種沒穿制服去學校，被訓導主任發現了的感覺。

桑稚又問：「你喝酒了嗎？」

「沒喝。」段嘉許覺得好笑，「不是妳喝了嗎？還賴在我頭上？」

桑稚這才想起來：「喔，我忘了。」

他突然冒出一句：「站過來一點。」

桑稚沒動：「幹嘛？」

「這麼久沒見，」段嘉許站在原地，桃花眼明亮璀璨，似乎覺得有點神奇，聲音含著笑意：「讓哥哥仔細瞧瞧，小桑稚長大之後——」

「……」

「長得漂不漂亮。」

桑稚回到包廂裡，有好幾個人已經倒在椅子上，還有一個人喝醉了，正拿著麥克風鬼哭狼嚎般地吼著，聲音大到像要把耳膜炸裂。

她剛進來就想出去。

注意到她的身影，室友汪若蘭問：「嗳，桑稚，妳怎麼去廁所去那麼久？我們來打牌啊。」

桑稚坐到她旁邊：「我們什麼時候走？」

汪若蘭：「他們說一點。」

「……」桑稚說，「那火車都沒了。」

「我們坐計程車回去啊。」汪若蘭說，「或者坐公車？嗳，不過不知道公車末班車是幾點。」

桑稚有點受不了包廂裡的氣味，也可能是因為喝了幾杯酒的關係，現在覺得有點反胃：「我先回去了，我不能熬夜。」

壽星甯薇湊過來，笑咪咪地說：「桑桑，妳要走了嗎？」

桑稚：「嗯。」

「妳一個人怎麼回去啊？這麼晚了。」甯薇說，「讓江銘送妳回去吧？」

桑稚頓了一下：「江銘是誰？」

「那個啊。」甯薇挽住她的手臂，悄悄指著一個人，然後湊到她耳邊說：「我們社團的，是不是還滿帥的？我感覺他對妳有意思。」

「妳別亂說，我跟他一句話都沒說過。」桑稚站起來，揉揉有點睏倦的雙眼，「沒事，出門就是火車站了。我走了，我好想睡覺。」

「喔，好吧。」

「妳們也別玩太晚了，不安全。」

「那麼多人怕什麼啊！」

「那妳們有帶鑰匙吧？」

「帶了帶了。」

桑稚這才放心地走出包廂。晚上的ＫＴＶ總是特別熱鬧，迎面走來的服務生格外熱情，打招呼的音量像是自帶喇叭一樣。她第一次被嚇了一跳，之後也就習慣了。

桑稚走出ＫＴＶ，順著樓梯往下走。她伸手捂了捂臉，終於有心思和時間去回想段嘉許的模樣，以及他最後說的那句話。也許是酒意上來了，桑稚莫名其妙地覺得生氣。

狗男人。

老，狗男人。

她長得漂亮跟他有什麼關係？而且她從小就漂亮，長大了當然也漂亮，還要仔細看才能看出來？

桑稚停下腳步，慢慢地吐了口氣。

這場重逢來得太突然了，讓她一點準備都沒有，雖然是有開心的情緒在，但更多的是手忙腳亂，之後心情更是慌張。她又想起段嘉許的那句話——

「能多大？還是個小孩子樣。」

桑稚莫名其妙地笑出聲。

果然跟她想的一模一樣，她成年了，對他來說也還是個小孩。可能等她七老八十了，他仍然會死抓著「小孩」這兩個字不放。

搞得他比她大七歲是一件多高人一等的事情一樣。

桑稚有點氣不過，又想不到要怎麼發洩情緒。她從沒說過髒話，也罵不出口，此刻擠了半天也只擠出三個字：「老東西。」

話音剛落，身後突然冒出男人熟悉的聲音：「嗯？」

「……」桑稚僵硬地轉頭。

「叫我啊？」段嘉許就站在她身後的兩個階梯上，似乎她停了多久，他也就停了多久。他思考了一下，像是好氣又好笑：「也是。」

「……」

「妳今晚好像就見到了我這麼一個——」段嘉許盯著她，頓了幾秒，然後咬字清晰，一字一字地說，「老、東、西？」

「……」

桑稚突然想起國二的那個暑假，她在上安廣場三樓的手扶梯前被傅正初告白時，段嘉許也是這樣突然出現在他們的身後。

他也是這樣，不知道在她身後待了多久。

本來喊出這三個字時桑稚的心情是舒暢的，又因為被口中罵的當事人聽見，讓她的心虛洶湧地湧上來，還夾雜了幾絲委屈。她下意識地否認：「不是說你。」

段嘉許淡淡地嗯了聲，像是聽進去了。

桑稚剛鬆了口氣。

段嘉許又問：「那是說誰？」

「……」桑稚頭皮開始發麻，因為喝了酒腦袋也有些不清醒，結結巴巴地說著：「你不認識的。」

段嘉許拖著尾音啊了聲：「這樣啊。」

桑稚連忙點頭。

「那哥哥還滿想認識一下的，什麼人能讓小桑稚這樣罵。」段嘉許笑著說，「小桑稚說給哥哥聽聽？」

「……」

她都說他不認識了，他還是要問。

她現在要說誰？

說誰啊！

早知道她剛剛就直接把桑延搬出來了。

可她已經說了是他不認識的人，現在說是桑延好像也來不及了。隨便扯一個人，她又覺得良心不安。桑稚別過臉，刻意扯開話題：「你怎麼這麼八卦？」

「嗯？」段嘉許往下走了兩階，站到她身側，「可能是因為老東西閒得發慌吧。」

「……」

「走吧，年輕的——小朋友？」段嘉許咬重「年輕」兩個字，緩緩地說：「老東西送妳回學校。」

說完，段嘉許便抬腳繼續往下走。

手心不知不覺冒出汗，桑稚惴惴不安地跟在他後面，猶豫地解釋道：「這個詞，我覺得還滿……

滿文明的。」

「……」

「就是，我覺得，」桑稚緊張地用手摳著包包上的鏈子，吞吞吐吐地說：「我應該不算是在說髒話。」

一走到外面就是停車場，段嘉許從口袋裡拿出車鑰匙，對著不遠處按了一下。他像是沒聽見她剛剛的話一樣，只說了兩個字：「上車。」

桑稚沒動：「嘉許哥，你家在哪裡啊？」

「文庭苑。」

桑稚才剛來這個城市一個多月，完全不了解，含糊地應了聲。

段嘉許又解釋了一下：「圖書館那邊。」

「那跟我學校好像是反方向，」桑稚指指旁邊的火車站，「都這麼晚了，我坐火車回去就行了，不麻煩你了——」

「年輕的小朋友，」段嘉許把玩著手裡的車鑰匙，撇頭笑，「哥哥呢，是想跟妳算一下帳，然後順便送妳回去。」

「……」

「不是要專門送妳回去。」他故意停頓了一下，看向她，語氣慵懶，「聽懂了嗎？」

桑稚理虧，沒再說什麼，沉默又不安地走到副駕駛座的位置旁，用力把門拉開，可出乎意料，門卻還上著鎖。她下意識回頭看了一眼段嘉許，就見到他走過來，站在她的身側，距離不算近，卻破天荒地給了她壓迫感。

段嘉許停了兩秒，又按了一下車鑰匙，替她拉開車門。桑稚順勢鑽了進去，把包包拿下來。很快，段嘉許坐到駕駛座上，瞥了她一眼：「安全帶繫上。」

桑稚喔了聲，乖乖照做。

他沒立刻發動車子，指尖輕敲著方向盤，半晌後突然停下，開始「審問」：「今天喝了多少酒？」

桑稚想了想：「加起來應該就一兩瓶。」

段嘉許：「自己在外面要注意點，跟不熟悉的人在一起不要喝酒。」

「大部分都是認識的人，我室友也在。」

「嗯，我就提醒妳一下。」

「我知道。」

桑稚本以為還有一大串的訓話要聽，但說完這些話之後，段嘉許就發動了車子，沒再提剛剛的事情，想像中的「算帳」也沒有到來，反而讓她覺得提心吊膽。

她沒主動說話影響他開車，從包包拿出手機來玩，恰好看到通訊錄多了個紅點，桑稚點開來看，看到加她的那個人備註著「江銘」兩個字。

這個名字讓桑稚想起了甯薇的話。

不知道他是怎麼知道她的微信的，桑稚不喜歡加不認識的人，想當作沒看見直接退出，卻又莫名其妙地手抖點到「接受」。

「……」算了。

段嘉許在這個時候開了口：「小孩，我們溝通一下？」

桑稚立刻抬頭：「啊？」

段嘉許：「為什麼罵我？」

桑稚悄悄看了他一眼，不知道該怎麼解釋，猶豫了幾秒，最後只能誠實地把理由說出來：「我不喜歡被當成小孩。」

「……」段嘉許眼睫微動，「就因為這樣？」

「嗯。」

這一聲「嗯」的語調倒是很嚴肅。段嘉許覺得好笑又莫名其妙：「為什麼不喜歡？這就跟妳以後結婚了，妳爸媽都還覺得妳是個孩子一樣。」

「……」

桑稚的心情有點不好。

這個人除了想當她哥，現在還想當她爸。

她不想再跟他計較，側頭看向窗外。

中途經過一家便利商店時，段嘉許下車買了點東西，很快就拿著個塑膠袋回來。桑稚也沒問他買了什麼。

不知不覺間開到了校門口。車子無法開進學校，段嘉許找了個位子停車，說：「我送妳進去。」

桑稚點頭，解開安全帶下車。

從正門到桑稚所在的宿舍大樓距離不算遠，走進去大概十分鐘。桑稚想說點話，又不知道該說什麼，半天才擠出一句：「嘉許哥，你明天不用上班嗎？」

段嘉許輕笑道：「明天週六。」

「噢。」

兩人有一搭沒一搭地說著話。

基本上是桑稚絞盡腦汁地主動拋出問題，為的就是想讓氣氛不要太過尷尬，畢竟他是好心送自己。就這麼一路尬聊到宿舍樓下，桑稚總算鬆了口氣，朝他擺擺手：「嘉許哥再見，這麼晚了，你開車小心點。注意安全。」

她還沒走幾步，段嘉許突然叫住她：「桑稚。」

桑稚回頭。

下一秒，他舉起手中那個提了一路的塑膠袋：「回去沖點蜂蜜水喝，明天起來就不會頭痛了。」

桑稚頓了一下，慢慢地接過：「謝謝。」

「妳一個人來這麼遠的地方，如果有需要幫忙的事，可以找我。」段嘉許揉揉她的腦袋，嘴角彎起來，「還有，哥哥只是跟妳開玩笑，知道你們這個年紀有自己想做的事，不是真的覺得妳沒良心。」

「……」

「至於『老東西』這個詞，」段嘉許忍不住笑出聲，帶著低啞的氣音，「怎麼就不是髒話了？小女生說話好聽一點。」

桑稚沒敢看他：「我以後不會說了。」

「自己知道不對就好，回去吧。」段嘉許思考了一下，又補充了一句，「有空可以來找哥哥吃個飯。」

桑稚捏緊手中的塑膠袋，小幅度地點頭：「好。」

「哥哥一個人在這裡，所以聽妳哥說妳要過來這邊讀大學時，」段嘉許垂眸，溫和地看著她，「哥哥覺得很開心。」

◇

桑稚回到宿舍。

宿舍內空蕩蕩的，燈都關著。桑稚把燈打開，走到陽臺，趴在欄杆上往下看。但夜色太濃，她找不到段嘉許的身影。她走回自己的桌子旁，把手上的東西都放了上去。

桑稚把那盒蜂蜜打開，用勺子挖了一些放進杯子裡，然後倒了點熱水進去。她的胃有點不舒服，她喝了幾口蜂蜜水舒緩了一些。

想到段嘉許最後說的那句話，桑稚的唇角拉直，她盯著虛空中的一個點，胸口處像是被壓了塊石頭。

好奇怪，她為什麼會覺得心情很糟？

他說他一個人，他家不是在這邊嗎？為什麼是一個人？

應該不是她想的那樣吧？如果是的話，那她過來這裡之後都不怎麼聯繫他，甚至還不接他的電話，這樣的行為是不是不太好？

這個人對她沒有做過任何錯事，從一開始就對她很好，她這樣的行為是不是真的太忘恩負義了？可桑稚很清楚，如果她再像從前一樣經常跟他待在一起，經常聽他跟自己說話，經常感受到他對她的好，她一定又會變得像從前一樣喜歡他。

洗完澡之後，桑稚像往常一樣打了通電話回家，之後便回床上躺了一會兒。她覺得有些疲倦，沒多久就迷迷糊糊地睡了過去。但因為喝了酒，她睡得並不好。

深夜兩點，桑稚聽到室友發出窸窸窣窣的聲音。她們大概是剛回來，雖然怕吵醒她，只開了個小檯燈，動作也輕輕的，但還是避免不了弄出一些聲音。醒了之後，桑稚也睡不太著了，她抬起腦袋，低聲說：「妳們開燈吧，沒關係。」

聞言，甯薇立刻抬頭看她，語氣有些愧疚：「對不起，吵到妳了？」

「沒有。」桑稚說，「剛睡了一覺，現在也睡不著了。」

「那先別睡了！」汪若蘭突然興奮地說，「桑稚，我跟妳說個八卦！」

桑稚：「啊？」

汪若蘭：「甯薇脫單了！」

甯薇的臉頰有點紅，她嬌嗔道：「妳小聲點。」

桑稚的反應慢一拍：「誰啊？」

「我們社團的，就今天一直坐我旁邊那個。」甯薇的心情看上去很好，語氣有點不好意思，「我也沒想到他突然就……」

汪若蘭：「桑稚，妳應該多待幾分鐘。」

好心情總是容易感染，桑稚也笑了：「妳之前說對社團裡的一個人有興趣，就是這個啊？」

甯薇點頭：「對啊。」

另一個室友虞心在此刻恰好洗完澡出來，好奇地問：「妳們在說什麼啊？」

汪若蘭：「就甯薇的事情。」

「噯，說起來，甯薇妳真的也太快了吧？」虞心說，「才開學多久妳就脫單了，我都還沒找到想出手的人。」

「他說對我一見鍾情！」甯薇拿上換洗的衣服，笑嘻嘻地往廁所裡走，「不跟妳們說了，我要洗澡了。」

等她進去之後，汪若蘭又說：「對了，桑稚，我聽到江銘跟班長要了妳的微信，妳加了沒啊？」

這個聚會上的人大部分都是甯薇的熟人。除了她們，還有甯薇社團和他們班上的幾個人，包括他們班的班長，是一個男生。

桑稚嗯了聲。

汪若蘭：「妳也對他有意思嗎？」

桑稚嘀咕著：「手抖點到了。」

提起這個，桑稚才想起要看手機。她從枕頭旁邊翻出手機，打開微信，剛點開就看到剛剛加的江銘傳了幾封訊息給她，還有段嘉許。

桑稚還沒寫什麼備註，暱稱只有一個「段」字。她頓了一下，先點開段嘉許的那封訊息。

只有一句話。

『以後如果這麼晚回學校，找個人陪妳一起。』

桑稚盯著看了好幾秒，想回句「知道了」，但注意到時間，還是決定明天再回。

汪若蘭還在說話：「他好像是發現妳走了，想問問妳在哪裡，說要送妳回去。人還滿好的。」

「嗯。」桑稚點開跟江銘的視窗，禮貌性地回覆了幾句。

虞心：「桑稚，那妳是不是也要脫單了啊？」

「不是。」桑稚的心情實在不好，她猛地坐了起來，動作有點大，把另外兩個人嚇了一跳。

虞心：「怎麼了？」

桑稚盯著她們兩個，然後慢吞吞地說：「我問妳們一個問題。」

汪若蘭：「啥？」

桑稚一本正經地說：「就我的一個朋友。」

虞心：「好，我知道不是妳。」

「……」桑稚當作沒聽見，「我的一個朋友以前喜歡她哥哥的一個朋友，然後她哥哥的這個朋友把她當成妹妹一樣。後來她發現他好像有女朋友了，就放棄了，最近又遇到了，妳覺得她應該怎麼辦？」

汪若蘭好奇：「多大啊？」

桑稚：「大學畢業三年了。」

「那就……」虞心算了算，「二十五、六。」

汪若蘭：「那也還好啊，他現在有沒有女朋友啊？」

「不知道。」桑稚搖頭，「但應該沒有。」

不然他也不會說一個人吧。

虞心：「妳還……不對，妳朋友還喜歡他啊？」

「不知道。」桑稚把下巴靠在床邊的欄杆上，悶悶地說：「不算喜歡吧，而且那個人只把我朋友當成妹妹。」

虞心：「那妳就看妳朋友還喜不喜歡嘛，喜歡就追，不喜歡了就當個普通朋友，偶爾聯繫一下就好。」

桑稚沒吭聲。

汪若蘭：「不然妳朋友在糾結什麼？」

「她就覺得很不開心。」桑稚吐了口氣，輕聲說：「覺得那個人跟別人談戀愛了，每次想到都會很不開心。」

虞心：「妳朋友喜歡他的時候幾歲啊？」

桑稚：「國二吧。」

虞心愣了一下，然後在心裡算算年齡：「那很正常啊。他如果喜歡那時候的妳，這個人就是變態了啊！」

「……」

汪若蘭：「而且這個男人今年都二十五了吧？如果說沒談過戀愛，那不就代表沒有性經驗？二十五歲還沒有性經驗的男人，是變態吧！」

桑稚傻了：「啊？」

虞心：「變態倒不至於，不過可能有問題吧？」

桑稚又愣了好幾秒，瞬間脹紅了臉，憂鬱的情緒瞬間消散：「妳們在胡說什麼啊？」

汪若蘭：「桑稚，妳來形容一下這個男的。」

「很帥，成績很好，然後，」桑稚抓抓頭，「說話就……他性格就那樣，就——」

虞心被她的拖拖拉拉弄得有點急了：「就什麼啊？」

桑稚也不知道要怎麼形容段嘉許的性格和他的說話方式，想了半天才說了一句：「就……還滿會撩的？有點像個花花公子……」

「妳也說了，帥又會撩，這樣的人怎麼可能沒有女朋友？」汪若蘭說，「對了，妳跟那個人是怎麼認識的啊？」

桑稚小聲說：「就我哥哥的朋友嘛，他經常來我家。」

她們沉默半晌。

「桑稚，我覺得妳沒必要介意。」虞心思考了一下，看起來很正經，「不算他認識妳之前，如果他這麼多年來一直沒談過戀愛，那只剩一個可能了。」

桑稚眼巴巴地盯著她，有點提心吊膽：「什麼？」

「他可能喜歡妳哥。」

「……」

桑稚開始後悔跟她們提起這件事。她覺得自己應該是今天喝多了，腦子有點不正常，又或者她還沒睡醒，處於半睡半醒的迷糊狀態。

「妳們都胡說八道。」她擺擺手，表示不想再聊，「算了，不說了，我要繼續睡了。」

「我說得沒道理嗎？」虞心邊笑邊說：「對了，妳哥有沒有女朋友啊？」

桑稚睜開眼，遲疑地說：「應該還沒有吧？他沒跟家裡說過，我也不知道有沒有。」

汪若蘭：「那妳哥談過戀愛嗎？」

「……」

注意到桑稚的反應，虞心瞪大眼，覺得自己的猜測在一瞬間多了個合理的證據：「啊？該不會沒有吧？」

「我不知道，他不跟我說這些事情。」桑稚回想了一下，「不過他高中的時候，好像因為談戀愛被請過家長？我也不太記得了。」

虞心興奮起來：「高中的話，那都是多少年前的事情了？兩個大男人二十幾了都不談戀愛，天天混在一起……妳說，還有別的原因嗎？」

「我也沒說他們肯定沒談過戀愛。」桑稚鬱悶地瞥她一眼，一言難盡地說：「妳別猜了，少看點小說。」

汪若蘭：「你哥哥這個朋友現在在做什麼啊？」

「好像是在遊戲公司工作。」桑稚想了想，「工程師？寫程式的那種。我聽我哥說，他所在的專案組好像是在做遊戲。」

「工程師？」汪若蘭沉默幾秒，「真的長得帥？」

「真的啊。」桑稚說，「也可能是我沒見過什麼世面吧，但我長這麼大，還沒見過長得比他好看的男人。」

汪若蘭：「但這個行業不是長期熬夜，還整天對著電腦什麼的……」

桑稚：「那他可能還滿在意外貌的，有去保養吧。」

「……」虞心說，「那還滿Gay的。」

汪若蘭：「妳說他說話很撩，那他是對誰說話都這樣嗎？」

桑稚想想他跟桑延那些人的相處方式，說：「差不多吧，跟同齡人或者比他小的，基本上都這麼說話。」

汪若蘭呃了幾聲：「這不就是到處撒網嗎？我覺得不太合適吧，這種男的以後在一起了，可能也會出軌的。」

桑稚皺眉：「不會的。」

汪若蘭：「我就是猜的嘛，畢竟我也沒見過這個人。」

「他不是那樣的人。」桑稚低聲說，「他對所有人都很好。而且其實也能很明顯看出，他那樣說話都是在開玩笑，逗妳玩。」

恰好在這個時候，甯薇剛洗完澡從廁所裡走出來。看到宿舍內的氛圍有點奇怪，她擦著頭髮隨口問：「妳們在說什麼啊？」

汪若蘭便快速地把剛剛的事情複述了一遍。甯薇恍然大悟：「噯，桑桑，妳長得那麼好看，也沒必要吊死在這一棵樹上嘛，可能妳不想這個人了，妳就會發現比他好的人有太多太多了。」

桑稚沉默幾秒：「也許是吧。」

「如果妳還是覺得放不下，那就試試啊，反正男未婚女未嫁的。他把妳當妹妹而已，妳們又不是真的有血緣關係。」甯薇說：「至於他有沒有談過戀愛的事情，妳就別想了，這種沒什麼好介意的。」

桑稚：「妳叫我去追他？」

甯薇：「是啊。」

「不可能。」桑稚完全想像不到她如果真的做出這種事情，段嘉許會是什麼反應，她也不敢在同一個地方跌倒兩次，「算了，我還是正常過我的舒服日子吧。」

虞心：「其實也不用追，妳就表露出那個跡象不就好了？」

桑稚：「什麼？」

「妳不是說他總是逗妳，說話還很會撩人嗎？」虞心幫她出謀劃策，「那妳就用同樣的語氣回敬他啊！」

這麼一聽好像有點道理，桑稚遲鈍地點點頭，想像了一下——她彎起唇角，盯著段嘉許，然後拖著尾音跟他說：「哥哥，你怎麼回事啊？一見到只只就臉紅。」

「……」

太恐怖了吧。

還沒付諸行動，只是想到這個畫面，桑稚就開始覺得窒息了！

虞心覺得自己的這個方法很好：「妳覺得怎麼樣？」

「駁回。」桑稚把被子蓋到頭上，慢吞吞地說：「不說了，妳們就當我酒後發瘋，編了個爛尾的言情小說給妳們吧。」

「……」

◇

儘管桑稚是這麼想的，想直接把這次的相遇拋諸腦後，想當作沒發生過任何事，畢竟這個城市這麼大，再次偶遇的概率也不那麼高，她想再用之前那樣疏遠的方式來對待他，直至她徹底沒了這個念頭。

但因為段嘉許的那一句「哥哥一個人在這邊」，桑稚再次睡著的時候，莫名其妙地做了個夢。

她以第三視角，夢到了他的生活——

她因為這一句話，從而聯想出來的他的生活。

他每天獨自上班下班，每天一個人吃飯，一個人回家，到家也仍然是一個人，過著做什麼都是一個人的生活。

然後，桑稚又夢到了國二剛開學的時候，跟班上的幾個女生一起回家。因為時間還早，她們便繞路到南蕪大學旁的一家小吃店，一人買了一塊炸雞排。

她恰好看到段嘉許在那裡打工。

他的生活好像徹底被「念書」和「賺錢」兩個詞占據，除此之外，似乎沒有別的事情能讓他產生半點興趣。

但她從沒聽過他有半句的抱怨，一次都沒有。

那次，段嘉許不像在甜品店那樣沒收她的錢，而是把她的那一份裝得很滿。他把封口折起來，袋子是不透明的，從外表上看不出裡面的樣子。

其他幾個女生已經拿好自己的那一份，在一旁邊吃邊等著桑稚，沒注意到這邊的情況。

段嘉許把紙袋放進塑膠袋裡，遞給她：「小孩，拿著。」

桑稚接過：「謝謝哥哥。」

「哥哥看妳長得最可愛，」他穿著小吃店圍裙，那張極為好看的臉又在笑，然後他稍稍彎下腰，用氣音跟她說，「所以就偷偷多裝一點給妳。」

第二天，桑稚早早地醒了。

也許是因為良心不安，又可能是因為別的情緒，她在床上翻來覆去好一會兒，很快便拿起放在一旁的手機，回覆段嘉許一句「知道了」。

桑稚本來以為這個時間他應該還在睡覺，畢竟昨晚應該都很晚睡，現在也才六點出頭。她抱著被子，還在猶豫要不要主動提出請他吃飯的時候，段嘉許卻出乎意料地回覆了：『那麼早起？』

手機振動的那一刻，桑稚還被嚇了一跳。

天還沒亮，宿舍內漆黑一片，只有她的手機螢幕發著微弱的光。周圍安安靜靜的，彷彿還能聽到空氣流動的聲音。

桑稚有些手忙腳亂，不知道回什麼，也不好意思讓他等，立刻傳了個點頭的表情符號過去。

段嘉許：喝完酒不舒服？

桑稚：沒有。

段嘉許：出去玩的話，酒能不喝就別喝。

桑稚抿著唇，敲字：好。

那頭沒再說話。

桑稚盯著螢幕，猶豫著斟酌語言：

嘉許哥，你什麼時候有空？如果不打擾你的話，我想請你吃個飯，謝謝你昨天送我回來。如果你近期沒空的話也沒關係，時間你定就好。要是你想不到什麼時候有空，要不然就定在下個月的感恩節？我也想藉著這個日子，表達一下我對你的感激之情。

輸入完之後，桑稚逐字逐句地看了好半晌，隨後猶豫地把「你」字都改成了「您」。她平時說話時不太在意這個，但書面語言用「你」，看起來好像又有些不太尊敬。

桑稚繼續檢查了一番，看到「之情」兩個字，莫名覺得有些彆扭，乾脆直接刪掉。

打完這段話整整花了她半小時的時間。再三檢查過沒有什麼不妥之後，桑稚才提著心臟，按下了「傳送」。

可能是對她這突如其來的一大串話感到意外，段嘉許過了好一陣子才回：感恩節？

桑稚：嗯。

桑稚：不然您決定時間也可以。

這次段嘉許直接傳了語音訊息過來。

桑稚的耳機不在床上。她掀開被子，躡手躡腳地下了床，跑到陽臺去聽。

他似乎是覺得很好笑，說話帶著低低的氣息聲：『感恩節就感恩節吧，但這是下個月底的事情了，我還不確定那天有沒有空。』

桑稚遲疑地問：您有別的事情嗎？

段嘉許：『嗯，可能要加班。』

還沒等她回覆，段嘉許又傳了封語音：『先這樣吧，現在時間還早，妳再去睡一會兒。到時候，我順便帶妳去修手機。』

桑稚有點傻：我手機沒壞。

段嘉許：『嗯？沒壞嗎？』

桑稚：是啊。

段嘉許悠悠地道：『我還以為妳的手機打不出「你」字了。』

桑稚：……

段嘉許：『這「您」字是從哪裡冒出來的，以前說話怎麼都沒見過妳這麼尊敬哥哥呢？一口一個「您」的。』

桑稚看看上面的聊天紀錄，也覺得自己剛剛似乎有點傻。她思考著要怎麼挽回局面，手指僵在螢幕上沒有動。下一秒，段嘉許拖長聲音啊了聲，又道：『這意思是不是心上的哥哥啊？』

他語調懶懶的，尾音稍稍上揚，說話時帶著很明顯的笑意，像是百無聊賴之時，隨手搔搔身旁跑過的一隻貓。

桑稚從小就被他這樣逗著玩，次數多了也覺得生氣。她鼓起腮幫子，板著臉，瞬間傳了封語音訊息過去：「這是我爸最近跟我說的，跟二十五歲以上的人說話，都得用尊稱。」

『……』

「嘉許哥早安，您的聲音聽起來非常年輕。」桑稚又說，「真心希望您的外貌也能跟您的聲音一樣年輕。」

『……』

這次的意外見面讓兩人的關係有了些許緩和。

桑稚不再像從前一樣不接他的電話，兩人有空的時候也會用訊息聊天，大部分都是他囑咐她一些事情，像個長輩一樣。她也就刻意地把自己代入「妹妹」的身分，當自己殘餘的那點小心思不存在。

感恩節那天是週四，段嘉許在前一天跟她說了，不知道會不會加班，叫她在學校等著，他過來的時候會打個電話給她。

桑稚沒什麼課，一整個下午都在宿舍裡對著電腦畫圖。接近六點時，她起身換了套裙子，細細地化了個妝，還難得地上了眼妝、貼了假睫毛，更上了腮紅和打亮。很快地，她突然覺得不太對勁，又全部卸掉。

桑稚對著鏡子盯著自己的素顏，內心掙扎了好一會兒。

唉。

就這樣吧。

不然以他的性格，一會兒又得說：「小桑稚來見哥哥一面，還特地打扮得這麼好看啊？」作夢！

她寧可沒那麼漂亮，都不給他自戀的機會。

桑稚又回到位字上看電腦。

時間一分一秒地過去，不知不覺就到了晚上八點。桑稚等得肚子有點餓，傳了封訊息問他是不是沒空，但他半天都沒回。

桑稚猶豫地打了通電話給他，他還是沒接。她覺得他可能是要加班沒看到，但又覺得他如果真的要加班的話，想必也會提前跟她說一聲。她沒再猶豫，又打一通過去。

這次電話響了七八聲之後，那頭接了起來。桑稚這才鬆了口氣：「嘉許哥，你是要加班嗎？」

『抱歉，桑稚，我剛剛有看到妳打來的電話。』出乎意料地，他的聲音有些啞，說話語速很慢，像是說不出話來，『今天可以先取消嗎？妳自己去吃點東西，別餓著了。』

聽出他的不妥，桑稚小聲說：「哥哥，你不舒服嗎？」

段嘉許：『沒事。』

這就跟默認沒兩樣，而且聽他的語氣，似乎還很嚴重的樣子。桑稚立刻拿起包包往外走，同時問著：「你哪裡不舒服啊？」

他聲音停了下來，似乎是在想：『好像是胃痛？可能昨天吃錯東西了吧。沒事，我吃點藥就行。』

桑稚皺眉：「你不打算去醫院？」

段嘉許輕笑了聲：『不去了，謝謝小桑稚關心哥哥。』

快步走出宿舍時，桑稚恰好看到一輛校內巴士，她坐了上去，同時問：「嘉許哥，你公司在哪裡？」

『妳要過來啊？』

「嗯。」

段嘉許也沒多說什麼，慢條斯理地報了個地址。

桑稚記下來，認真地問：「哥哥，你很不舒服嗎？」

他的聲音輕輕的：『還可以。』

桑稚想了想，又說：「那你先在位子上坐一會兒，我過去找你，帶你去醫院。如果真的很不舒服的話，我們就叫救護車好嗎？」

段嘉許笑：『哪有那麼嚴重。』

「不舒服就得去醫院。」桑稚莫名有些生氣，語氣都隨之凶了起來，「哪有忍著就會好的？要不然你看看你還有沒有同事在，叫他們送你去醫院。」

『妳怎麼就發起脾氣了？』段嘉許似乎是覺得好笑，話裡帶了幾絲縱容，『小桑稚別生氣，哥哥乖乖的，好不好？』

「……」

『哥哥就在這裡，』段嘉許說，『等妳過來接哥哥。』

段嘉許的公司在崗北大廈，一棟大型的辦公大樓，桑稚坐火車可以直達。她按照手機地圖找到位置，走進大廈裡。這棟辦公大樓不限制人員出入，她正想問問段嘉許在幾樓，就發現他坐在一樓的大廳裡。

櫃臺對面擺放著沙發，段嘉許就坐在上面，臉上沒什麼表情，臉色格外蒼白，平常紅得發豔的唇也變得毫無血色。他靠在沙發上，眼睛半闔著，手放在右下腹的位置，不知道是不是真的很難受。

桑稚走了過去，喊了聲：「嘉許哥。」

聞聲，段嘉許睜開眼睛。見到她，他的眼睛彎成漂亮的月牙，然後伸出手，散漫地說：「拉哥哥起來。」

「還是去醫院吧。」桑稚抓住他的手腕，用力把他拉起來，「嘉許哥，你是不是還發燒了？」

他站直，慢慢地說：「好像是有點？」

桑稚把手往上移了些，扶住他的手臂：「這附近有醫院嗎？」

段嘉許回想了一下：「有個社區醫院。」

桑稚：「那我們搭計程車過去吧。」

段嘉許順從地道：「好。」

怕他難受，桑稚也不敢走太快，走了一小段路之後，段嘉許轉過頭問：「小桑稚，妳是在攙扶老人嗎？」

「……」桑稚瞪他。

「我不覺得妳是小孩，」注意到她的眼神，段嘉許想起她之前的話，慢條斯理地說：「哥哥真的改不過來了，先這樣叫可以嗎？」

——不覺得妳是小孩。

他騙誰啊？

桑稚不想跟他計較了：「你就這樣叫吧。」

從大廈走出來，附近除了火車站，還有個公車站。人有點多，桑稚不敢湊太近，怕他會被擠到。

她往前面看了看，回頭說：「嘉許哥，你在這裡等我。我去前面攔計程車，攔到了再叫你過來。」

她怎麼像在對待小公主似的？段嘉許心想著，跟著她，不太在意地說：「我跟妳一起過去吧。」

這個地段行人很多，附近全是辦公大樓，有很多剛加班結束的人走出來。一部分去了火車站的方向，其餘的都在這邊等公車。

聽到他這麼說，桑稚又回過頭，打算扶他一起過去。

恰好在這個時候，有輛公車剛好到站，原本還隔著一段距離的人立刻跑了過來，想趕上這輛車。其中有個人因為太過著急，不小心推到了桑稚。她沒防備，身體下意識地往前傾，想找到東西穩住，掌心瞬間扶到身前的段嘉許的腹部。

下一刻，桑稚聽到他似乎抽了口氣，聲音幾不可聞，身子也反射性地往下弓。

桑稚的呼吸一滯，她立刻收回手，覺得應該是碰到了他覺得痛的地方。她仰起頭，嘴唇動了動，有些急了，想問問他的情況。

還沒說出話來，桑稚感覺額頭一熱，是柔軟又溫熱的觸感。

如果她沒想錯的話，好像是他的嘴唇觸碰到了她的額頭。

從這個角度，桑稚只能看到段嘉許滑動著的喉結拉成好看的線條，附帶著男人滾燙的氣息鋪天蓋地向她席捲而來。

——下集待續

高寶書版集團
gobooks.com.tw

YH 044
偷偷藏不住（上）
作　　者　竹　已
特約編輯　米　宇
責任編輯　陳凱筠
封面設計　鄭婷之
內頁排版　賴姵均
企　　劃　何嘉雯

發 行 人　朱凱蕾
出　　版　英屬維京群島商高寶國際有限公司台灣分公司
　　　　　Global Group Holdings, Ltd.
地　　址　台北市內湖區洲子街88號3樓
網　　址　gobooks.com.tw
電　　話　(02) 27992788
電　　郵　readers@gobooks.com.tw（讀者服務部）
傳　　真　出版部(02) 27990909　行銷部 (02) 27993088
郵政劃撥　19394552
戶　　名　英屬維京群島商高寶國際有限公司台灣分公司
發　　行　英屬維京群島商高寶國際有限公司台灣分公司
初　　版　2021年8月

本著作物由北京晉江原創網絡科技有限公司授權出版。

國家圖書館出版品預行編目(CIP)資料

偷偷藏不住／竹已著; -- 初版. -- 臺北市：英屬維京群島商高寶國際有限公司臺灣分公司, 2021.08
面；　公分. --

ISBN 978-986-506-212-5(上冊：平裝). --
ISBN 978-986-506-213-2(中冊：平裝). --
ISBN 978-986-506-214-9(下冊：平裝). --
ISBN 978-986-506-215-6(全套：平裝)

857.7　　110013288